今夜、きみの涙は僕の瞬く星になる

此見えこ

STARTS
スターツ出版株式会社

あの日、きみがついた嘘を、たぶんきっと忘れない。
だけど、それでも、もう一度、
嘘つきなきみに、本当の恋をしよう――。
きみだけが、この涙を受け止めてくれたから。

目次

今夜、きみの涙は僕の瞬く星になる

第一章　好きなひと

「あー、うっさ」

隣から聞こえてきた低い声に、思わずびくっと肩が震えた。

直後、がたん、と椅子が派手な音を立てる。

隣の席の佐々原《ささはら》くんが、荒々しく立ち上がった音。その音に一瞬、辺りの会話がやむ。何事かという視線が集まる。

私も驚いて手を止め、佐々原くんのほうを見た。

不快そうに眉をひそめた佐々原くんが見ていたのは、後ろの席にいるふたりの女子だった。その席の主である片瀬《かたせ》さんと、彼女のもとへ遊びにきていた滝本《たきもと》さん。

さっきまでそこでおしゃべりに花を咲かせていた彼女たちは、突然向けられた怒りにびっくりした様子で、ぽかんと佐々原くんのほうを見上げている。

そんな彼女たちを思い切り不機嫌な顔で一瞥《いちべつ》してから、佐々原くんは踵《きびす》を返した。手にしていたスマホだけ持って、あとは振り返りもせずに教室を出ていく。

「……は？　なにあれ」

あとに残されたのは、あっけにとられる片瀬さんたちと、どこか戸惑った空気のクラスメイトたちで。

少ししてから、片瀬さんがようやく我に返ったように口を開いた。

「感じわる」低く吐き捨てた彼女の頬が、じわじわと紅潮《こうちょう》する。怒りと、たぶんいくらかの羞恥《しゅうち》に。

「自分だって勉強もしないで、スマホいじってただけじゃん。なにえらそうに」

「ね、なんなの急に」

それに合わせるように、滝本さんもやたら大きな声で相槌《あいづち》を打つ。そうして「むかつくー」と今度は佐々原くんの悪口を言いはじめたふたりがいつもの調子だったからか、教室内の空気もしだいにもとに戻っていくのを感じた。

だけど私の心臓は波立ったまま、戻らなかった。

……え、なんだろう、今の。

瞼《まぶた》の裏に、さっき見た佐々原くんの姿が浮かぶ。立ち上がる直前、一瞬だけ私のほうを見た、佐々原くんの目が。

頭の裏で高い鼓動が鳴る。知らず知らず握りしめていた両手に、力がこもった。

まさか、まさか今のって。

……私を、助けてくれた？

五月のやわらかな風が、教室の白いカーテンを揺らしている。高校生活が始まって一ヶ月が経ち、だいたいクラス内でのグループも完成して、それぞれの立ち位置が定まってきた頃だった。

黒板に大きく『自習』と書かれた、先生のいない数学の授業中。開始早々、待ってましたとばかりに滝本さんが片瀬さんのもとへやってきて、空いていた隣の席に座り、おしゃべりを始めたのが三十分ほど前。

いくら自習とはいえ、仮にも授業中にそんな大胆なことができる人たちは限られている。クラス内のカースト上位に位置している、派手なグループの人たちだけ。

その中でも美人で垢抜けていて性格も強めの片瀬さんたちは、最上位ともいえる位置にいた。授業中に堂々とおしゃべりしていようが、誰も咎《とが》めないぐらいの。

それでも最初は、いくらか周りのクラスメイトたちに配慮したような、控えめな声量だった。

それがだんだんとヒートアップしてきて、声量に気を遣う余裕もなくなったらしいのが、片瀬さんが他校の男子に言い寄られているという話を始めた頃。

「ほんと、毎日毎日、送ってくんなってのー」

最初は何事もなく聞き流せていた彼女たちの会話が、いやにくっきりと耳に響きはじめたのも、その辺りからだった。

「返信すると全然会話終わらせてくんないし。返信しないと追撃くるし」

片瀬さんのこぼす愚痴《ぐち》に、嫌になるほど、聞き覚えがあったから。

――ほんとうざい。ラインはお前の日記帳じゃないっつーの。もう最悪。

シャーペンを握る指先から熱が引いて、うまく文字が書けなくなって。心臓がぎりぎりと締め上げられ、目の奥まで痛くなってきた。聞かないようにしようと努めても、斜め後ろの席で盛り上がるふたりの高い声は、否応なく耳を覆《おお》って。

ついには片瀬さんが、

「もう、死ねばいいのに。あいつ」

ぼそっと、そう漏らしたとき。

耐えきれなくなって、私はぎゅっと両手を握りしめた。

ああだめだ。もう無理だ。これ以上ここにいたら泣いてしまう。そう思って、逃げだそうとしたときだった。

何気なくずらした視線の先、佐々原くんがこちらを見ているのに気づいた。

一瞬、目が合う。え、と思ったけれど、なにも訊《たず》ねることはできなかった。次の瞬間には、佐々原くんが、「うるさい」と呟《つぶや》いて、私より先に立ち上がっていたから。

「あれじゃない？　身に覚えがあったとかじゃないの。ミカのさっきの話に」

「あー、ライン送りすぎっていう？」

「だって佐々原くんて、いっつもスマホ触ってるじゃん。あれ、誰かにラインでも送ってるんじゃないの」

「言われてみればー。ちょっと異常なぐらいいつもスマホいじってるよね、あの人」

佐々原くんのいなくなった教室では、怒りが冷めないらしい片瀬さんと滝本さんが、今度は佐々原くんの悪口で盛り上がっている。

佐々原くんのほうを『異常』と決めて、自分たちが言いがかりをつけられた理由を作りはじめたふたりに、もやもやとした不快感が喉元まで込み上げたけれど、

「──ねえ？　依田《よりた》さん」

「えっ？」

ふいに片瀬さんがこちらを向いて私の名前を呼んだとき、漏れたのはそんな間の抜けた声で。

「感じ悪いよね、佐々原くんてさ」

問いかけではない。私が同調することなんてわかりきっている、低い声。

ここで否定すればどうなるのかなんて知っている。佐々原くんへ向けられている矛先が、私のほうへ向くのだ。異常な彼を庇《かば》う、異常なクラスメイトとして。

手のひらに汗がにじむ。片瀬さんの、長い睫毛《まつげ》にふち取られた大きな目が、まっすぐに私を見据える。その強い視線は、ひとつの答えしか許していない。

──本当は、うれしかった。佐々原くんが「うるさい」と言ってくれたこと。耳をふさぎたくなる彼女たちの言葉を、止めてくれたこと。

だけど引きつった口元は、気づけば、曖昧《あいまい》な笑みを作っていた。息苦しい喉から、

声が押し出される。

「……そう、だね」

耳に届いた自分の声は、いつだって泣きたくなるほど情けなくて、みっともなかった。

「ちょっと、かの子さん見すぎ見すぎー」

ため息交じりのたまきちゃんの声に、はっと我に返る。

あわてて視線を外し、たまきちゃんのほうを向き直ったけれど、手遅れなのはわかっていた。だって、完全にガン見だった。およそ十秒ほど。目の前にいるたまきちゃんの存在すら忘れていた。

――あれから一週間。ずっと頭から離れなかった。

佐々原くんが、一瞬だけこちらへ向けた視線。考えれば考えるほど、やっぱりあれは私のためだったのではないか、なんて思えてしまって。

たまきちゃんはなんとも微妙な顔をして、窓際に集まる男子たちのほうへ目をやっている。その中に、さっきまで私がガン見していた彼がいる。友達といっしょに、めずらしく声を上げて笑っている。子どもっぽく、楽しそうに。

……いや、あんなのずるい。見とれるに決まっている。普段はクールで近寄りがたい彼の、全開の笑顔なんて。

思い出すだけでときめきで胸が苦しくなってきて、落ち着くためにお茶を飲もうとしたとき、

「──佐々原くんは、やめといたほうがいいと思うけどなあ」

ぼそりと、たまきちゃんが気遣わしげに呟いた。

もう何度目になるかわからない台詞。いつもながら、私はなんと答えればいいのかわからなくて、ただ曖昧に笑っておく。

だって、何度そう言われたところで、私は佐々原くんを目で追うのをやめられない。あの日からずっと。

……考えすぎ、かもしれないけれど。

そもそも目が合ったと思ったのだって、ほんの一瞬だったし。ただの、気のせいだったのかもしれない。

だって、相手は〝あの〟佐々原くんなのだ。

「片瀬さんたちへの〝あれ〟がよっぽどかの子の心に響いたのはわかったけど。だからってなにも、見えてる地雷に突っ込んでいくことないじゃん」

「……地雷って」

あいかわらず遠慮のないたまきちゃんの言葉に、私はまた苦笑する。

──そう、地雷。

佐々原くんをこう評するのは、べつにたまきちゃんだけではない。まだ高校生活が始まって一ヶ月ほどしか経《た》っていないけれど、少なくともうちのクラスの女子の中では、それはすでに共通認識として定着している。

──佐々原くんは、安易に近寄ってはいけない、地雷男子なのだと。

最初にそんな声がささやかれはじめたのは、入学して一週間ほど経った頃。

『ねえねえ、佐々原くんだっけ。なにしてるのー？』

自分の席でスマホをいじっていた佐々原くんに、そんな風に声をかけたクラスメイトがいた。鈴鹿《すずか》さんという、ものすごくかわいい女の子だった。

私もそれを、隣の席で聞いていた。なんとなく気になったから、次の授業の準備をしていた手を止めて、聞き耳を立てていた。

佐々原くんが女子となにか言葉を交わすのを、それまで一度も聞いたことがなかったから。

きっと、話しかけたいと思っていた女子は鈴鹿さん以外にもたくさんいた。私もそのひとりだった。隣の席だったし、なにか話してみたいな、とはずっと思っていた。

けれどまだ一度も、話しかけたことはなかった。どうしても勇気が出なかった。

佐々原くんはかっこよかった。ものすごく。

整った端正な顔立ちに、背が高くてスタイルも良くて、入学当初からひときわ目立っていた。クラスの女子のあいだでも早々に、かっこいい、彼女いるのかな、なんて話題になっていたぐらい。

だけどその疑問を佐々原くんに直接訊《き》きにいった者は、それまで誰もいなかったはずだ。たぶん誰も勇気が出なかったのだ。私と同じで。それこそ鈴鹿さんぐらいかわいくて、男子にダントツの人気があるような、そんな女の子でないと。

『スマホを、見てる』

そんな圧倒的美少女である鈴鹿さんの、最上級に甘くかわいらしい声かけに対しての佐々原くんの返答は、それだった。

愛想のかけらもない、芯から冷たい声だった。隣で聞いていただけなのに、私の心臓まで嫌な音を立てたほど。

予想外の反応だったのか、鈴鹿さんも一瞬固まっていた。きっとこれまで、鈴鹿さんにこんな塩対応をした男子はいなかったのだろう。

だけどさすが、かわいい女の子はハートが強かった。すぐに、鈴鹿さんは気を取り直したように笑って、

『いやいや、そうじゃなくてー。なに見てるの、ってことだよー。あっ、わかった、もしかして彼女にラインとかー？』

明るくふざけたように、佐々原くんのスマホを覗《のぞ》き込もうとした、そのとき。

佐々原くんが、舌打ちをした。私にも聞こえたぐらい、はっきりと。

『悪いけど』

続けて吐き捨てた佐々原くんの低い声に、完全に空気が凍ったのを覚えている。

『俺、きみと仲良くする気はないから。全然』

不機嫌さを隠しもしない声でそれだけ言うと、佐々原くんはイライラした足取りで教室を出ていった。

あとに残された鈴鹿さんは、しばしあっけにとられたように立ち尽くしていた。

やがて、心配した友達に声をかけられた彼女が泣きだしてしまい、教室は一時騒然となったのだ。

――それ以降、佐々原くんは完全に、〝近寄らないほうがいい人〟と認識され、遠巻きにされる存在となった。

そんな出来事はあったものの、佐々原くんはクラスで孤立しているというわけではなかった。素っ気ないのはあくまで女子に対してだけで、男子とはなにも問題なく交流していたから。クラスの中心にいるようなお調子者の男子たちと、教室で声を上げて笑っていたりもする。男子に対してはごくふつうの、ノリの良い男の子だった。

だからこそ、よけいに女子に対する冷たさの悪印象が際だった。さらに加えて、先日の片瀬さんたちとの一件が決定打になった。

――鬼ラインをするタイプの、粘着質でストーカー気質な地雷男子。

身に覚えがあったんじゃないの、という滝本さんの推察をきっかけに、そんな烙印《らくいん》まで押され、佐々原くんの評価は地に落ちることとなったのだ。

だけど。

「みんなが言ってるのは、ただの勝手な想像だし……」

片瀬さんに突っかかったことと、普段からよくスマホを触っていることを、ただ無理矢理つなげただけの。そもそも、もし本当に佐々原くんが鬼ラインをするタイプの人だったとして。

――それの、なにが悪いのだろう。

「まあ、たしかに想像だけど。でもさ、佐々原くんがいっつもスマホいじってるのは事実じゃん。毎回誰かにメッセージ送ってるっぽいのも」

「うん、まあ……」

「そんな頻繁《ひんぱん》に連絡とる相手って、やっぱ彼女じゃないの？　他校に彼女がいるんだと思うよ、たぶん」

「そう、なのかな……」

ちらっとまた窓際のほうへ目をやる。佐々原くんは友達といっしょに、やっぱり楽しそうに笑っている。子どもっぽい、たまらなくまぶしい笑顔で。

「あ、それよりさ」

私がまたその笑顔に見とれかけていたとき、たまきちゃんが思い出したように声を上げた。

ポケットから赤くて薄いスマホを取り出す。そうして目の前で操作を始めながら、

「クラスのグループラインができたんだって。かの子も招待するねー」

「え……」

グループライン。

たまきちゃんの口にしたその単語に、どくん、と心臓が嫌な跳ね方をした。

返す言葉に迷っているうちに、ポケットの中でスマホが震えた。見てみると、画面に通知が表示されていた。

【吉岡《よしおか》たまきがあなたを、グループ『1年B組』に招待しました】

嫌だな、と一瞬思ってしまう。

だけど拒否することなんてできないから、強張《こわば》る指先で『参加』のボタンを押した。

「……ありがとう、たまきちゃん」

開いてみれば、すでに半数以上のクラスメイトが参加していた。私の招待はわりと遅いほうだったらしい。ずらりと並んだ名前を眺めているうちに、なんだか息が苦しくなってくる。

ほとんどが、話したこともない人たちだ。この中で自信をもって友達と呼べる人なんて、それこそたまきちゃんぐらい。

そのたまきちゃんだって、仲良くなったのはほんの数日前だった。出席番号が前後だったから、身体測定のときの待ち時間に運良く話す機会があって、しかも本当に運良く波長が合って、私はこの高校ではじめて友達を作ることができた。

だけど正直まだ、心底打ち解けているとはいえなかった。面と向かって会話をするのはいいけれど、ラインを送るのは今も緊張するし、気を遣う。いや、べつにそれはたまきちゃんだけでなく、私は誰に対してもそうだけど。

私は、ラインが怖かった。あの日からずっと。

「……あの、たまきちゃん」

「ん？」

「グループラインで誰かが発言したら、反応したほうがいいのかな」

「え、そうだね。自分と関係ある内容なら、したほうがいいんじゃない？」

きょとんとした顔で、首を傾《かし》げながらたまきちゃんが答える。

「関係のある内容……」と口の中で繰り返して、私が考え込んでいると、

「え、なにかの子、もしかしてグループラインはじめて?」

「あ、う、うん……」

「大丈夫だよ、そんな重たく考えなくても。反応したいなって思うメッセージだったら反応すればいいんだよ。たかがラインなんだから」

あっけらかんと笑ってたまきちゃんが私の肩を叩《たた》く。

「そう、だね」と私も笑顔を返しながら、たまきちゃんの口にした言葉の一部分が、ずきりと傷に沁《し》みた。

――重たい。

重たかったのか、今の質問自体が。こんなこと、ふつうは考えないんだ、きっと。

……失敗した。

途方に暮れてうつむいたら、またスマホの画面が目に入って、

「……あっ」

「ん、なに?」

「あ、いや、なんでも」

飛び込んできた名前にうっかり声が漏れて、あわてて首を振った。

――佐々原くんも、いた。

ひらがなで下の名前だけとか、あだ名とか、誰なのかよくわからないアカウント名の人もいるけれど、佐々原くんはしっかり『佐々原宗佑《そうすけ》』というフルネームで登録してくれていたから。

佐々原くんもグループラインには参加するんだな、なんてちょっと意外に思う。まあ、クラスの連絡事項はここから届くのだろうし、参加しないと困るからだろうけれど。

考えながら、その名前とアイコンをなんとはなしに眺める。そうしているうちに、なぜだか少し落ち着かない気分になってきて、そのことに自分で戸惑った。

教室で何度か見かけた、スマホをいじる佐々原くんの姿を思い出す。クラスの女子が口にする、佐々原くんについての噂《うわさ》といっしょに。

――佐々原くんは、本当に。

誰かにずっと、ラインを送っているのだろうか。

放課後、意味もなくラインを立ち上げ、参加したばかりのグループを開く。

メンバー一覧の画面から、彼のアイコンを探す。

もう何度目だろう。何度見ても飽きないから、困ってしまう。ネコなのかクマなのか。よくわからない、かなりデフォルメされた動物のイラスト。

だいぶポップでかわいらしい絵柄だけれど、もしかして佐々原くんが描いたのだろうか。わざわざアイコンにしているということは、気に入っているのだろうか。まさか自信作なのか。

そんなことを考えていると、たまらなく胸がぎゅうっとする。喉にゆるくなにかが巻きついたみたいに、息がしにくくなる。——もしそうなら、かわいすぎるんですけど。

ときめきに震えそうになる指で、そのアイコンに触れる。ホーム画面が開かれる。背景に映っているのは、空港で撮ったらしい飛行機の写真だった。それも、ふつうの飛行機ではなく、ミンキーというキャラクターの描かれた飛行機。

数年前、私たちが小学生だった頃に流行っていたキャラクターだ。ミンキージェットと呼ばれていたその飛行機も、当時の小学生のあいだでは大人気だった。私も何度か、お母さんに『乗りたい』とねだっていた気がする。

わざわざホーム画面の背景に設定するということは、この写真もお気に入りなのだろう。飛行機が好きなのだろうか。それとも、ミンキーが？　どちらにしても、かわいいけど。

——いや本当に、かわいい。どうしよう。

クールで怖そうに見えて、ときどき友達といっしょに大笑いしていたり。アイコンが不思議な動物のイラストだったり。ホーム画面はキャラクターものの飛行機の写真だったり。

知れば知るほど沼に落ちていく気がして、私は画面を閉じた。だめだ、怖い。あんまりのめり込んだら。――また、同じ失敗をしてしまいそうで。

息を吐く。帰ろう、と口の中で呟いて、鞄《かばん》にスマホを入れる。

そうしてふと時計に目をやったところで、げ、と声が漏れた。

いつの間にか、下り電車の発車時刻の五分前になっている。どれだけ夢中で佐々原くんのホーム画面を眺めていたのか。時間も忘れるほど。

自分にあきれながら、私は猛スピードで鞄に荷物を詰め込み、教室を飛び出す。

一本電車を逃すと、次は三十分後だ。あまり待ちたくない。

教室が三階だったことや下駄箱が混み合っていたこともあり、校門を出た時点で発車時刻の三分前になっていた。たぶん走らないと間に合わない。だけど六教科分の教科書やノートが詰まった鞄はなかなかの重さで、私はうまく走れずにいた。

ほとんど早歩きぐらいの速さで、もつれそうな足を必死に動かす。

――ああもう、なにをしてるんだろう、私。

今更、数分前の自分に対する苛立《いらだ》ちが湧いてくる。

あと五分早く教室を出ればよかったのに。佐々原くんのホーム画面なんて、家に帰ってからゆっくり眺めればよかったのに。

同じ電車に乗ろうとしているのだろう、何人もの生徒が私の横を追い抜いて駅へ駆けていく。息を切らしながら、私も必死に彼らを追いかけていたときだった。

みんなが急いでいる中を、ひとり、のんびりと歩いている生徒がいた。

気づいたのは、横を追い抜こうとしたときだった。それまでは五十メートルほど先の駅しか見えていなかったから。

追い抜く際、なんとはなしにちらっとそちらへ目をやって、

「――えっ」

声が、こぼれた。

佐々原くんだった。

気づいた瞬間、私は思わず足を止めていた。ほとんど無意識だった。顔だけ佐々原くんのほうを振り向いた間抜けな体勢で、佐々原くんの斜め前辺りに立ち止まる。

「……え、なに？」

突然自分の前まで走ってきて止まった私に、佐々原くんもちょっと困惑《こんわく》したように足を止めた。

目が合って、あ、と私はあわてて口を開く。けれど掠《かす》れた声が一言漏れただけで、

なにも言葉が続かなかった。中途半端に開いた唇を、ただ間抜けに震わせる。

どうしよう。なにしてるんだろう。なんで立ち止まったんだろう、私。

まごつく私を、佐々原くんが怪訝《けげん》そうに眉を寄せて見つめてくる。その表情に、さらにぎょっとしてあわてた。

いいから、いいから早く、なにか言わなきゃ。

そんな焦りに押されるまま、「あっ、あの！」と私は上擦った声を上げると、

「こ、このまえのね、自習のときっ」

咄嗟《とっさ》に口をついていたのは、先日の一件のことだった。

そして口に出した途端、ずっとそれを言いたくてたまらなかったことを思い出した。

——そうだ、お礼。お礼を、言わなきゃ。

あの日、片瀬さんたちの言葉を止めてくれたこと。私の勘違いだったのだとしても、べつにもうそれでもいい。私が佐々原くんに助けられたことに、変わりはないのだから。

はじめて彼と向かい合った今、そんな思いが勢いよく胸から湧き出してきて、

「さ、佐々原くんが、片瀬さんたちに言ってくれた——」

「電車」

「え」

「遅れるんじゃないの？」

言いかけた私をさえぎり、佐々原くんが困惑気味に訊いてくる。

その横を、またひとり、同じ高校の生徒があわただしく走り抜けていった。駅へ向かって。

「え、あ、べつにいいです！」

思わず叫んでいたのは、本心だった。そんなの、もうどうでもいい。乗り遅れたら三十分待って次の電車に乗ればいいだけだし。それより、それより今は。

「ずっと佐々原くんにお礼を言いたくて、私――」

「いや、いいから急ぎなよ」

言いかけた私を再度さえぎり、佐々原くんがさっきより強めの口調で言ってくる。気にするように、駅のほうをちらっと見ながら。

「いそいでたじゃん、さっき。乗り遅れそうなんでしょ」

「いいの、それはもう本当に。どうせもう間に合わないし、それより」

「いや間に合うって。貸して、それ」

「へ」

言うが早いか、佐々原くんが急に手を伸ばしてくる。そうして固まる私の手から、引ったくるように鞄を奪った。

「え、え」

なにが起こったのか、まったくわからなかった。

鞄を奪うなり、佐々原くんは走りだす。駅のほうへ。

混乱しながら、私もあわててあとを追った。

佐々原くんは速かった。ふたつも鞄を抱えているのに、なんの荷物も持っていない私がやっとついていけるぐらいの速さで走っていく。それを必死に追っていると、あっという間に駅に着いて、

「はい」

改札を抜けたところで佐々原くんは足を止め、私のほうへ鞄を差しだしてきた。

「え、あ」

私がおろおろしながらそれを受け取ると同時に、電車がホームにすべり込んできた。私が乗る下り電車。佐々原くんもそちらへ目をやって、「ほら間に合った」と小さく呟く。

「よかったね」

「え」

「じゃあ」

「え、あの」

言いたいことはたくさんあるのに、口がまともに動かない。驚きと、走った直後の息切れのせいで。

とぎれとぎれの声をこぼす私にかまわず、佐々原くんはそれだけ言うと、さっさと踵を返して歩きだした。電車のほうではなく、階段のほうへ。

「えっ、の、乗らないのっ？」

「俺、上りだから」

困惑した声を背中に投げれば、短くそんな答えが返される。それに私はますます困惑して、「え、じゃあ」と呟いた。

――なんで、走ってたの。

だけどそこで電車のドアが開いて、その質問を投げることはできなかった。

電車と佐々原くんの背中を交互に見やって、どうしよう、と少しだけ迷う。

だけど佐々原くんがせっかく走ってくれたのに、この電車を逃すわけにもいかなくて。思いきり後ろ髪を引かれながらも、私はドアが閉まる寸前に、電車に乗り込んだ。

言いたい言葉が次から次に押し寄せてきたのは、そうして電車が動き出したあと。

なにより、ありがとう、と、その一言すら言いそびれていたことに気づいてしまって。

――今度、ちゃんと言わなきゃ。

驚きやらうれしさやら後悔やら、いっきにあふれ返って破裂しそうな胸をなんとか落ち着けようと、心の中で呟く。

ちゃんと、顔を合わせたら真っ先に。

右手に持った鞄に目をやる。さっき、佐々原くんが持ってくれた鞄。六教科分の教科書が詰まった鞄は、ぐんと手に食い込む重たさで。だけど佐々原くんはさっき、これを抱えて軽々と走っていた。息も切らさず。

ああ、どうしよう。

目眩《めまい》がして、思わずその場にしゃがみ込む。心臓がうるさい。顔が熱い。

優しいし、力強いし、足速いし。

もうだめだ、好きだ。

頭のてっぺんから足の爪先まで、いっきに全身を満たしたその熱に、もう、とっくに手遅れになってしまったことを認めるしかなかった。

その日の夜。

「うーん……」

私はベッドに寝転がり、スマホの画面を睨《にら》んでいた。開いているのはもちろん、佐々原くんのラインのホーム画面。

あとになって気づいたのだ。――今日が、金曜日だということに。

言いそびれたお礼を、次に学校で顔を合わせたとき、言おうと思っていたけれど。

次に佐々原くんに会えるのは、三日後の月曜日ということになる。

遠い。とてつもなく。

それまで佐々原くんに、お礼を言えないままなんて。

もしかしたら佐々原くんは憤慨《ふんがい》しているかもしれない。せっかく重たい荷物を持って駅まで走ってあげたのに、感謝もされなかった、と。

……それか、もしかしたら。傷ついているかも、しれない。よけいなことをした、と気にしているかもしれない。

だって私なら気になる。親切にしてあげたつもりのクラスメイトから、お礼も言われなかったら。自分の行動が間違っていたのかと、落ち込んでしまう。きっと。

考えているとたまらなくなってきて、私は勢いよく起き上がった。スマホを握り直す。

さっきからずっと、意味もなく開いて眺めていた、佐々原くんのホーム画面。

何度も押そうとしてやめた、『友達に追加』のアイコン。

そこへあらためて、指先を伸ばす。

……引かれるかも、しれない。

ふっとよぎった想像に、背中をすっと冷たい震えが走る。

なにコイツ、と思われるかもしれない。もしかしたら私の顔と名前が一致していなくて、誰だかわからず困らせるかもしれない。そんなことを考えると怖くて、なかなか踏み切れずにいたけれど。

でも。

でも、それより。

もし今日の出来事で、佐々原くんが傷ついていたら。嫌な思いをしていたら。せっかくの土日を、嫌な気分で過ごしてしまう。佐々原くんが、私のせいで。

――そちらのほうがよっぽど、恐ろしい。

「よーし！」

気合いを入れるため意味もなく声を出して、居住まいを正す。大きく息を吸う。大丈夫、大丈夫、と何度も唱えながら。

今日のお礼だけを告げて、すぐに終わろう。できるだけあっさりと、淡泊に。もし佐々原くんから返信が来ても、舞い上がって会話を続けようとしたりしないように。

それだけ気をつけていれば、警戒されたり、うざがられたりすることはない、はず。

うん。大丈夫。

だって、今日、私はたしかに佐々原くんに助けてもらった。だからお礼を言わなければならない。そう、言わなければならない。私は今、佐々原くんにラインをすべき確固たる理由がある。

そう、理由があるのだから！

「……えい！」

すうっと大きく息を吸ってから、指の腹で強く画面に触れた。

途端、画面にぱっと『友達に追加されました』のメッセージが表示される。ホーム画面に、さっきまでなかった『トーク』のアイコンが現れる。

押した。押してしまった。

きっとこれで、佐々原くんのほうへも通知がいった。

全身の血液が、いつもより数倍速く流れているみたいだった。緊張に強張る指先で、続けてそのアイコンもタップする。まだなんの吹き出しもない、まっさらなトーク画面が開かれる。

送る文章は決めていた。事前にメモ帳に打って、何度も読み返して推敲《すいこう》した。

【こんばんは。同じクラスの依田かの子です。

今日は鞄持ってくれてありがとう。ほんとに助かりました】

……うん、やっぱりこれでいこう。大丈夫。もう一時間も悩んで決めたのだから。

長すぎず、それでいて素っ気なくもならないように。私のアカウント名はひらがなで『かの』だけだから、はじめに自己紹介もしておいたほうが親切なはず。佐々原くんは私の下の名前なんて知らないかもしれないし。いや、もしかしたら名字すら知らないかもしれないけれど。

騒々しい心臓をなだめるように、ゆっくりと呼吸する。

そうして間違えないよう慎重に、【こんばんは】まで打ったときだった。

画面の上部に、ぱっと通知が表示された。

【佐々原宗佑があなたを友達に追加しました】

「えっ」

思いも寄らぬ早さに、心臓が跳ねる。拍子にびくっと動いた指先が、画面に触れていた。

「あ！」

さっき打った【こんばんは】がトーク画面に現れる。

途中で送信してしまったメッセージに焦っているあいだに、既読がついた。

かと思うと、

【こんばんは】

ほぼ同時ぐらいの早さで、下に新たな吹き出しが現れた。

心音が耳元で大きく響く。

思わずスマホを取り落としそうになって、ぎゅっと握り直した。

吹き出しの左にある、不思議な動物のアイコンを凝視する。今日だけで数え切れないぐらい眺めた、佐々原くんのアイコン。そのアイコンが。こんばんはって。佐々原くんが私に、こんばんはって！

感動に震えながらも、あわてて画面下のキーボードに指を走らせる。既読をつけてしまったから。早く、早く返さなければ。

大急ぎで、今日はありがとう、と続きを打とうとした。だけど私が【今日は、】まで打ったところで、

【どうかした？】

ぽん、と新たなメッセージが届いた。びっくりして思わず指を止める。

え、早い。そんな戸惑いが、ちらっとよぎったとき。

【かのちゃん】

「う、えっ？」

思わず変な声が漏れた。吸い込み損ねた息にむせそうになる。かのちゃんって。

かのちゃんって！

一瞬、メッセージを送る相手を間違えたかと思った。

だけどあわてて確認した名前は、間違いなく佐々原くんだった。

ネコなのかクマなのかわからない謎のイラスト。そのアイコンが、『かのちゃん』と呼んでいる。私を。かのちゃんって。

え、まさか。

……佐々原宗佑くんって人、クラスにもうひとりいる？

次によぎったのはそんなバカげた疑問で、だけどもうひとりいたとして、そんな、私をちゃん付けするほど仲の良い男子なんてひとりもいない。

――え、え、なにこれ。

呆《ほう》けたように、そのトーク画面を凝視する。

繰り返すが、学校で私と佐々原くんがまともに話したことなんて、一度もない。今日の帰り道でのあのやり取りが、これまでで最高に言葉を交わしたと言えるぐらい。隣の席なのに、私はいまだにへたれて声をかけられずにいるし、佐々原くんのほうからなにか世間話を振ってくれるなんてことも、もちろん一度もなかったから。

なのに。

【かのちゃん？】

送ろうとしていた文章も完全にすっ飛んでしまって、私はスマホを握りしめたまま固まっていた。

そのあいだにまた、メッセージが届く。

ぽん、ぽん、と五秒も間を置かずにふたつ。早い。

【どうしたの？】

【おーい】

……まさか。

どうしようもない違和感に、ふと思い当たる。

――佐々原くん、私を誰か別の子と勘違いしてる？

だって、どう考えてもおかしい。〝あの〟佐々原くんが、ろくに話したこともないクラスメイトにいきなりこれは。ものすごくフレンドリーで軽いノリの人ならありえるのかもしれないけれど、佐々原くんは間違いなく、そんな人種じゃない。

だいたいよく考えたら、『かの』なんてアカウント名、わかりにくすぎる。同じ名前の知り合いが他にいたら、勘違いしても不思議じゃない。私、まだ自己紹介もしていないし。というか【こんばんは】しか言っていない。

やばい。

早く、誤解を解かなければ。

【あの】

あわてて文字を打ち、送る。誤字を気にする余裕も、文章を作っている余裕もなかった。

【わたしおなしクラスの】

【依田かの子】

【です】

なんとか、とぎれとぎれにそんなメッセージを送れば、

【うん】

短く、即座にレスがきた。

【知ってます】

「へっ……？」

また、間の抜けた声がこぼれる。

知ってる、の？

返ってきたその短い文面をまじまじと見つめる。

だったら佐々原くんは、私に向かって『かのちゃん』と呼んでいるの？　私を？

かのちゃんって？

思い至った途端、ぎゅっと心臓をつかまれたみたいな苦しさがおそう。喉の奥につんと甘いものが広がる。

彼の声で形作られる、その響きを想像して。

【隣の席だよね】

押し寄せるときめきに溺れそうになっているところに、続けてメッセージが届いた。

私はまたスマホにかじりついて、【うん、そう、】といそいで返信しようとしたけれど、

【こんな風に話すの、はじめてだね】

それより早く言葉が付け足されて、打ちかけた文章を消した。

【そうだね】あわてて打ち直して、返信する。

話せてうれしいです、と続けようとしたけれど、直前でやめた。なんだか重いような気がして。せっかく気さくに話してくれているのに、いきなり好意をちらつかせて警戒されたくない。

そう思って、打ちかけた文章をまた消したとき、

【話せてうれしい】

ぽん、と現れたその言葉に、息が止まった。

【ありがとう】

私が固まっているあいだに、メッセージが続く。数秒置きに。

【ラインくれて】

【うれしかった】

次々と現れる吹き出しに圧倒されて、手が止まっていた。そのすべての言葉がとて

つもなく胸を突いてきて。目眩がする。

――うれしいって。

私からラインがきて、うれしいって。佐々原くんが。

【わわたしこそ】

胸いっぱいに熱いものが広がる。動揺してうまく指先が動かせない。

【今日はありがとう】

それでもなんとか、それだけ打って送信すれば、

【なにが？】

佐々原くんからは、また五秒も待たずの即レスがきた。早い。本当に。

【鞄持ってくれて、駅まで走ってくれて】

【いいよ。間に合ってよかったね】

【うん。ほんとに、助かりました】

先に文章を考えておいて本当によかった、と思った。

よどみなくそこまでメッセージを送れたことにほっとして、息を吐く。そこで佐々原くんからの返信も間が空いたので、私はちょっと考える。

どうしよう。思いがけなくラリーが続いているけれど、そろそろ終わったほうがいいのかな。調子に乗って会話を長引かせたら、うざがられるかもしれない。こういう

のはたぶん、引き際が肝心だから。名残惜《なごり》しいぐらいのところで、潔くやめるほうがいい。きっと。これだけ佐々原くんと会話ができたのだから、もう充分すぎる。

――うん、そうしよう。

我ながら英断だと思った。ここでうれしさに呑《の》まれて突っ込んだら、きっと後悔する。あのときみたいに。

そう思って、【じゃあ、突然ごめんね、おやすみ】と会話を切り上げるメッセージを送ろうとしたとき、

【今なにしてたの】

「へっ」

思いがけなく届いた質問に、また変な声が出た。

スマホに頭を突っ込むぐらいの勢いで、私は画面を凝視する。文面を繰り返し目でなぞる。

質問。質問だ。佐々原くんが、私に。質問してくれている。

つまり佐々原くんは、会話を続けようとしてくれている。私と、もっとラインしてもいいって。そう思ってくれているんだ。

【宿題してました】

打ちかけた【おやすみ】を急いで消して、私はそう返信する。うれしくて、ちょっ

と指が震えた。

【えらいね】

佐々原くんのレスはあいかわらず早い。それがまたうれしくて、胸がきゅっとなる。

しかも、えらいって。えらいって！　いや、宿題は嘘だけど。佐々原くんにラインを送るか否かをひたすら小一時間ほど悩んでいたとは、さすがに言えないし。

にやけながら、私も佐々原くんのスピードに合わせようと必死に指を走らせると、

【佐々原くんはなにしてた？】

【なにも。スマホ見てた】

【そっか】とだけ返したあとで、なんだか素っ気ないような気がしたので、

【ゲームでもしてたの？】

と質問を続けてみたら、

【いや】

ほんの少しだけ間を置いてから、レスが返ってきた。気のせいかもしれないぐらい、わずかな間だったけれど。

【なにもしてない。ただスマホ見てた】

一瞬、指先が固まった。

……ただ見てた？

ネットしてたとか、そういうことかな。

考えながら、だけど頭の隅でそういう意味ではないことを、私は薄々察している気がした。

私が最初にメッセージを送ったときの、レスの早さを思い出す。あの早さはたしかに、ちょうどスマホを見ていたのだろう。それもゲームをしていたとかではなく、きっと、ラインの画面を。

ふいに、教室での佐々原くんの姿が頭に浮かんだ。

休み時間のたび、スマホを眺める彼の横顔。それがいつもどことなく暗かったことに、なぜだか今頃気づいた。

もしかして、佐々原くんは、

――誰かからのラインを、待っていた？

【宿題って、なにか出てたっけ】

私がなにも返せずにいるうちに、またメッセージが届いた。

はっとする。話題が変わったことにちょっと安堵しながら、あわてて返信を打つ。

【数学のプリントが出てたよ】

【あれ火曜日までじゃなかったっけ】

【そうだけど、早めに終わらせたくて】

【すごいね。俺ギリギリにならないとやれない】

なるほど。佐々原くんは八月三十一日に夏休みの宿題をするタイプらしい。

新情報はしっかり心のメモに書き留めつつ、指も忙しく動かすと、

【先に嫌なこと終わらせて、土日を楽しみたくて】

【土日、なんかするの】

ふいに向けられた問いに、テンポよく返せていた指が止まる。

なんか、と言われると、特になにもない。

録画していたドラマを観るとか、スマホをいじりながらごろごろするとか、私の休日の過ごし方なんてそれぐらい。だけど正直にそんなことを言うと、だらけたやつと思われそうで恥ずかしいし……。

買い物とかカラオケに行く予定、て返そう。実際に行けば嘘にはならないし。そう思って文字を打ちかけて、――ぜんぶ、消した。

……まさか。ちらっと、頭の隅で考える。

【今のところ】と文字を打ち直す。ほんの少し、込み上げた期待に押されながら。

【なにも予定はなくて】

【なにしようかなって、考えてて】

【俺も】

すぐに返ってきた文字に、鼓動が一度、耳元まで高く鳴る。スマホをつかむ手に力がこもる。

思わず緊張して、次のメッセージを待っていたら、

【なにも予定なくて、暇《ひま》で】

……いや、まさか。

まさか。

落ち着け、落ち着け。勘違いしちゃだめだ。きっとただの世間話だから。私が暇だって言ったから、佐々原くんも同意してくれた。ただそれだけ。それだけだから。

そう言い聞かせながらも、ついすがるようにスマホを握りしめ、画面を食い入るように見つめてしまっていたとき。

【かのちゃんも暇なら】

迷いのないテンポで、メッセージが続いた。

【いっしょにどこか行こうよ】

……なんだろう、この展開。

日曜日の朝。私はまだふわふわと夢の中にいるような気分で、支度をしていた。

金曜日の夜ふと思い立って、勇気を出して佐々原くんにラインをして。お礼だけ伝えられればいいと思っていたら、思いがけなくラリーが続いて。

——そして今日、いっしょに遊びに行くことになった。

わけがわからない。いったいなにが起こっているのか。

だってほんの数日前まで、話したことすらなかったのに。同じ教室で授業を受けているだけの、クラスメイトでしかなかったのに。私がただ一方的に感謝をして、気になっていただけの。

【いっしょにどこか行こうよ】

——あのあと。土曜日と日曜日どちらにしようかと佐々原くんに訊かれて、私が日曜日を選んだ。

さすがにいきなり明日なんて、いろいろと準備が間に合わなかったから。

昨日は飛び込みで美容室へ行って、伸びていた髪をそろえてもらった。爪も整えて、久しぶりにマニキュアも塗った。夜には顔のパックもした。化粧水も乳液も、いつもよりだいぶ贅沢《ぜいたく》に使った。できる限りのことはすべてやって、万全にコンディションを整えて、そうして迎えた、今日。

……本当に、来るのかな。佐々原くん。

ムースで必死に寝癖を直しながら、ふっとそんな疑問がよぎる。

たしかに約束はした。今日の十時に、中町《なかまち》駅で待ち合わせ。もう軽く百回は確認した。

金曜日に決めたのは、それだけだった。待ち合わせ場所と時間だけ。どこへ行くのか、なにをするのかは決めていない。

だから私のほうで、いくつかプランは用意しておいた。もしかしたら佐々原くんもなにか用意してくるのかもしれないけれど、念のため。開始早々、なにをするのか決まらずぐたぐたにはなりたくないし。

ショッピングモール。映画。カラオケ。いくつか挙げてみて、佐々原くんが行きたいというところに行けばいい。正直私はどこでも、なんでもいいから。佐々原くんといっしょに出かけられるなら、そのへんの公園とかでも。

余裕には余裕を持って朝六時に起きたというのに、シャワーを浴びたり髪をセットしたりしているうちに、あっという間に待ち合わせ時間の三十分前になっていた。

――そろそろ、行かなきゃ。

にらめっこしていた洗面台の鏡から離れ、最後にもう一度、姿見で自分の格好を確認する。ゆっくりと深呼吸をしてから、玄関へ向かう。

不思議と、緊張はそれほどでもなかった。それより、本当に佐々原くんが待ち合わせ場所に現れるのか、そちらの疑念のほうが大きかった。

家を出る前、もう一度佐々原くんとのトーク画面を眺めて、確認はしたけれど。今日の約束が、私の夢でも妄想でもないことを。

本気で佐々原くんは私と遊びに行く気があるのだろうか。もしかして、ただの冗談だったりしないだろうか。あるいは、ちょっとからかっただけだったり。むしろそちらのほうがしっくりくるぐらい、現実味のない展開だったから。

だからたぶん、今日、待ち合わせ場所に佐々原くんが現れなかったとしても。すぐに、納得できる気がする。ああやっぱり、と思うんだ、きっと。こんな夢みたいな展開、ありえないよね、って。

そんな風に心の中で予防線を張りながら、たどり着いた中町駅。

そこにあった光景に、目を見開いた。掠れた声がこぼれる。

「え、うそ……」

――佐々原くんが、いる。

入り口近くの柱に、寄りかかるようにして立っている。当然ながら私服姿で。学校で見かけるときと同じように、スマホをいじりながら。

私は思わず足を止め、腕時計に目を落とした。

九時四十分。念には念を入れて、待ち合わせ時間の二十分前には着くように家を出た。道中なにか想定外の出来事が起こることもなかったし、そのまま時間の二十分前に到着した。なのに。

佐々原くんが、もう、いる。

本当に、いる。

驚きすぎてまだ感情が追いつかないまま、雲の上でも歩いているような足取りで、佐々原くんのもとへ向かう。

本当に彼が来てくれるとしても、私より先に待っているなんて、まったく想定外だった。

「あ、あの……」

目の前まで近づいたところで、佐々原くんがようやく気づいて顔を上げる。

頭の中でシミュレーションしていた状況と違いすぎて、うまく言葉が出てこない。もごもごと口ごもる私を、佐々原くんは一瞬、表情のない目で見た。気がした。

だけど一瞬だった。すぐに佐々原くんはにこりと笑うと、私より先に口を開いて。

「おはよう。かのちゃん」

……あれ？

はじめて佐々原くんの声で形作られた、その響きを聞いたときだった。

鼓動が鳴ると同時に、ちらっと頭の隅を違和感がよぎった。

理由はわからない。だけどなぜだか——私の名前を呼ばれた感覚が、なかった。

間違いなく佐々原くんの目は私を見ているし、私を呼んだことはたしかなのに。

正体のつかめない違和感に、一瞬戸惑う。だけどその違和感について、深く考えている余裕はなかった。

目の前にある佐々原くんの笑顔のほうが、それ以上にずっと鮮烈で。次の瞬間には、心はぜんぶそちらへ持っていかれていた。

いつも教室で、遠目に眺めていたその笑顔。それが今、ここにある。私に、向けられている。

「あ、お……おはよう」

感動に息が止まりそうになりながら、なんとか声を押し出す。ひどく不格好に上擦ったのも、気にしている余裕なんてなかった。

「お、遅くなって、ごめんね」

「え、遅くないじゃん。まだ時間前だよ」

佐々原くんはおかしそうに笑って、駅舎の時計を指さす。

「俺が早く来すぎただけだよ」

さらっと言い切られた言葉に、また息が止まりかける。

——わかっていて、佐々原くんはこの時間に来たんだ。待ち合わせ時間の、二十分も前に。

その事実が胸に染み入ると同時に、目眩がした。顔が熱い。きっと真っ赤になっているのがわかって、隠すようにうつむきながら、

「でも、待たせちゃって……」

「いいよ。それより、今日は来てくれてありがと」

「こっ、こちらこそ！」

思いがけない感謝の言葉に、つい大きな声が出た。しかもまた派手に上擦った、不格好な声が。

「あ、その、えっと」声と同じぐらい、表情もがちがちになっているのが、嫌になるほどわかった。だけど取り繕う余裕もなくて、私は必死に言葉を手繰《たぐ》ると、

「来てくれて、ありがとう。あの、よろしくね、今日」

「うん」

ちょっと震えてしまった声にも、佐々原くんは気にした様子もなく、

「よろしくね」

笑顔のまま、穏やかにそう返してくれた。

空は快晴だった。暖かな日差しの降り注ぐ並木道を、佐々原くんと並んで歩きだす。

そうしているうちに、緊張がすごい勢いで押し寄せてきた。心臓がけたたましく鳴

りはじめ、口の中がからからに渇く。

本当に、これから、佐々原くんと遊びに行くんだ。

――ああ、本当に。

今更ながらそんな実感が湧いて、よく考えるとすごい状況だな、なんてことにも今更思い至る。

今までの私にとって、休日にふたりで遊びに行く友達というのは、友達の中でもかなり仲の良い部類の友達だけだった。学校でよくしゃべる仲から、いっしょにお昼ご飯を食べる仲になって、もっと進んでいっしょに放課後遊びに行く仲になった、さらにその先ぐらいの。いわば友達の中の最上級。

そんな相手としかしたことのなかったことを。私は今、佐々原くんとしている。あの佐々原くんと。

「どこ行く？」

「へっ、あ、ど、どこでもっ！」

ふいに向けられた質問に、思わずそんな返しをしてしまって、すぐに後悔する。

失敗した。佐々原くんに丸投げは良くないと思って、いくつか候補を挙げる予定だったのに。緊張のせいで、頭も口もまともに動かない。

だけど佐々原くんは、特に気を悪くした様子も、困った様子もなく、

「どこでもいいの？」

「う、うん、私は……佐々原くんに、どこか行きたいところがあれば……」

「じゃあ、空港」

「へ」

即答されたのは、だいぶ予想外の言葉で。ぽかんとして佐々原くんのほうを見ると、佐々原くんもまっすぐに私のほうを見ていた。近くで目が合って、心臓が大きくバウンドする。危うく止まりかけた。

「……くうこう？」

「うん、空港」

掠れた声で聞き返す私に、佐々原くんは穏やかな笑顔のまま、

「俺、空港に行きたい。いい？」

そのどこか子どもっぽい笑顔も口調も、また私の息を止めにくるものだから、こくこくと、首を何度か縦に振るのが精一杯だった。

行き先が決まったので、私たちはいちばん近くにある地下鉄の駅まで移動した。

日曜日の朝なので、駅はそれなりの混み具合だった。

乗り込んだ電車も席は空いていなかったので、ドア近くにそのままふたりで並んで

立つと、

「ごめんね、なんか」

「へ、なにが⁉」

急に佐々原くんが謝ってきて、驚いて彼のほうを向いた。

「俺の行きたいところに付き合わせちゃって」

「え、そんな！　全然！」

私は両手を顔の前でぶんぶん振ると、

「私も空港行ってみたいし！」

「ほんとに？」

「うん！　小学校以来だもん、行くの」

佐々原くんといっしょならどこでも、本当にどこでもよかったのだけれど、空港という意外すぎるワードに惹《ひ》かれたのも事実だった。

普段生活している中で、空港なんてめったに行くことはない。私の家は頻繁に家族旅行へ行けるほど裕福でもないから、それこそ数えるほどしか行ったことがなかった。だからその新鮮な響きに、なんだかわくわくして。

「佐々原くん、空港、よく行くの？」

「うん、けっこう行く」

「そんなにしょっちゅう旅行行ってるの？」

私の中では、空港といえば飛行機に乗るための場所だった。だから、よく空港に行くということはよく飛行機に乗っているということだと思って、そう訊いたのだけれど、

「旅行じゃなくて、ただ空港に行くだけ」

佐々原くんからはそんな答えが返ってきて、一瞬きょとんとしてしまった。

「飛行機に乗るわけじゃないの？」

「乗らないよ。そんなにお金も時間もないし」

「じゃあ空港になにしに行くの？」

「飛行機を見に」

そうだった、と私は急に思い出す。佐々原くんのラインのホーム画面。背景の写真は、空港で撮ったらしい飛行機の写真だった。

「飛行機が好きなんだ、佐々原くん」

なんだかほっこりした気持ちになって呟くと、

「うん、好き」

何気なく返された言葉に、不意を打たれた。間近で聞いたその二文字があまりに鮮烈で。

痛いぐらい心臓が跳ねて、かっと頬が熱くなる。あわてて顔を逸《そ》らし、窓の外へ視線を飛ばした。

そこで会話が途切れたので、私はそのまま窓の外を眺めつづける。

地下鉄だから、そこにあるのは壁だけで。おもしろくもなんともない景色だけど、それでも他に見るところがなくて凝視する。隣の佐々原くんのほうなんて、見られないから。

――佐々原くんって、こんなにかっこよかったっけ。

今更、そんなことを実感してしまってなんだか困惑する。

いや、もちろん悪いとは思っていなかったけれど。まったく。これっぽっちも。

だけど近くに立ってみて、よりいっそう実感する。佐々原くんは本当にかっこいい。足も長いし、顔は小さいし、シャツにパーカにチノパンというシンプルな格好なのに、スタイルが良いからかものすごくおしゃれでかっこよく見える。

ここまでかっこいい人が、どうしてもっと騒がれていないのだろう。今更、そんなことを心底不思議に思う。

やっぱりあの愛想のなさと、鬼ライン疑惑のせいだろうか。

だとしたら、正直ありがたかったな、なんて勝手なことを考える。これでもし、佐々原くんが愛想も良かったなら。きっと速攻でかわいい彼女ができて、私なんてあっけなく失恋していたに違いないから。

そこまで考えたところで、ふと思う。

——だったらどうして、佐々原くんは、私にはこんなに愛想が良いんだろう。

隣の席だから？　話したことはなかったけれど、実は隣に座っているだけで親近感を覚えてくれたりしたのだろうか。

……そんな都合の良いこと、あるだろうか。

「あ、ここで降りるよ」

「へっ」

ふいにかけられた声に、考え込んでいた意識が引き戻される。

気づけば電車が止まっていて、私たちの立っていたほうとは反対側のドアが開いていた。

「行こう、かのちゃん」

「あ、う、うん！」

歩きだした佐々原くんの隣にあわてて並びながら、ふと、最初に感じた違和感がまた頭をよぎる。

——『かのちゃん』。

なんだろう。べつにおかしな呼び方ではないはずなのに。

普段、そう呼ばれることがあまりないからだろうか。基本的に私の家族や友達はみんな、私のことを『かの子』と呼ぶから。耳慣れないせいで、違和感があるだけかもしれない。

……うん、きっとそうだ。

海の近くにある小さな空港に着いた佐々原くんは、迷いのない足取りでエスカレーターで三階まで上がった。利用客は少ないらしく、空港内に人はまばらだった。お店も搭乗ゲートもないその階にあったのは、展望デッキへの入り口だった。

扉から外へ出ると、潮の匂いが混じる風が顔に吹きつけてくる。

フェンスやアクリル板で囲まれた広々としたウッドデッキには、いくつかベンチが置かれていた。そしてフェンスの向こうには一面に広がる滑走路があり、何機かの飛行機が停まっている。

「あ、エアバス」

その中の一機を見た佐々原くんが、うれしそうに呟く。

耳慣れない単語に、つい「えっ？」と聞き返してしまうと、

「俺の好きな飛行機。あんまりこの空港じゃ見られないから、うれしくて」

「好きな飛行機とかあるんだ」

滑走路には三機の飛行機が停まっているけれど、私にはどれも同じ形に見えた。ただ塗装が違うだけで。だから違いがよくわからなくて、思わずそんなことを呟いてしまうと、

「うん。いちばん好きなのはボーイングのB747だけど、エアバスのこの型もかなり好き」

「どういうところがいいの？」

「翼の形がきれいだし、あと顔がなんかキリッとしてて」

「……顔？」

飛行機に顔があるのだろうか、と私が首を捻っていると、

「ほら、コックピットの窓のところがサングラスをかけた目で、先端のとんがってるところが鼻みたいでしょ。この飛行機、目も鼻もシュッとしてて、めちゃくちゃイケメンだと思わない？」

飛行機を指さしながら佐々原くんが説明して、問いかけてくる。

だけど私は咄嗟に、なにも返せなかった。なんだか息が詰まって、ただ佐々原くんの横顔を見つめていた。

その意気込んだように軽く早口な口調も、子どもみたいに目を輝かせた無邪気な表情も、普段教室で見ていた佐々原くんとは、あまりに違ったから。

きっと、本当に、本当に飛行機が大好きなのだろう。

それが心底伝わってきて、ふいに胸の奥がほっこりと温かくなる。その温かさは喉元まで込み上げてきて、気づけば「ふふっ」と笑い声がこぼれていた。

それにちょっと驚いたように、佐々原くんがこちらを見る。私の顔を見つめたまま、無言で何度かまばたきをする。ただ笑っただけなのに思いがけなく佐々原くんの反応が大きかったから、私もちょっと驚いていると、

「笑ってるの、はじめて見たような」

「え」

「そっちのほうがいいよ、かのちゃん」

佐々原くんはやわらかな声でそれだけ言うと、また子どもみたいな表情に戻って、滑走路のほうを向き直った。

それから佐々原くんは、推し飛行機の魅力についてしばらく語ってくれた。機体の美しさとか、エンジン音の迫力とか諸々《もろもろ》。

正直、顔と同様、どれもまったくピンとはこない話だった。けれど、うれしそうな表情で語る佐々原くんがとてつもなくまぶしくて、全力で興味がある振りをして聞いた。ときどき質問も交えつつ、できるだけ大きく相槌を打って。

それに気を良くしたのか、ますます饒舌《じょうぜつ》になる佐々原くんが愛《いと》おしくて、また胸が

きゅうっとなる。

どうやら佐々原くんは、思っていた以上に本格的な、飛行機オタクらしい。

今までそんな存在すら知らなかったけれど、鉄道オタクがいるのだからそりゃあ飛行機オタクだっているのだろう。

展望デッキには私たち以外にも五人ほどの人がいて、みんな熱心に滑走路のほうを眺めている。中には立派な望遠鏡を持っている人もいて、どうやら私たちと同じように、飛行機に乗るためではなく、ただ見るために空港を訪れたらしい。つまり、佐々原くんと同じ部類の人たちなのだろう。

「あ、飛びそう」

「え？」

空いていたベンチに座って、そんな佐々原くんの飛行機愛を聞いていたら、ふいに佐々原くんが話をやめて滑走路のほうを指さした。

見ると、たしかに一機の飛行機がゆっくりと動きだしていた。

滑走路の端まで進んだ飛行機は、そこで機体の向きを変える。さっきまでとは違う、高いエンジン音が響く。耳を覆ったその音に、他の音はなにも聞き取れなくなって、私たちはじっと黙って動きだした飛行機を見つめた。

滑走路を走りはじめた飛行機が、しだいに速度を上げる。あわせてエンジン音も地面を揺らすように大きく響いた。

やがて、車輪が地面を離れ、ふわりと浮く。そうしてまっすぐに空へと昇っていくのを、気づけば息を詰めて見つめていた。

「すごかった」

小さくなる機体を見送りながら、私が圧倒された声で呟くと、

「でしょ」

隣からは、まるで自分のことを褒められたかのような、なんとなく自慢げな声が返ってきた。

「離陸がやっぱりいちばん迫力あっていいよね」

「うん、すごい迫力……」

「ここ、小さい空港だし、あんまり離着陸ないから。今日はこんなに早く見られてラッキーだったな」

「え、そうなんだ」

それなら本当にラッキーだった、と私は強く噛《か》みしめる。

離陸に佐々原くんが喜んでくれたなら。これで、今日ここへ来てよかった、と佐々原くんが少しでも思ってくれていたらいい。

「佐々原くんて、いつから飛行機が好きなの？」

「ちっちゃい頃からずっと。家に飛行機の本があって、それ見てるうちにいつの間にか」

そんな話をしていたら、佐々原くんの言ったとおり、それ以降は離陸も着陸もいっこうになかった。

だから私たちはただベンチに座って、滑走路とその向こうに広がる海を眺めながら、ずっと話をしていた。けれど時間をもてあますことはなかった。佐々原くんの好きなものを知ったら、訊きたいこともどんどん湧いてきて、

「将来はやっぱりパイロットになりたいの？」

「んー、乗るより飛ぶところ眺めるほうが好きだから、パイロットより管制官のほうがいいな」

「かんせいかん……」

管制官がどんな仕事なのか、私はよく知らなかった。だけどなんだかかっこいい感じがするし、空港で働けるならたしかに佐々原くんには天職だろうな、そんな風に佐々原くんが大好きなことを仕事にできたらすてきだな、なんて思って、

「すごくいいと思う、それ。佐々原くん、それ、すごく似合うと思う！」

思わず意気込んで返してしまって、佐々原くんがちょっとびっくりした顔をしていた。

だけどすぐに、佐々原くんはなんだか照れくさそうに笑って、

「ありがと」

と指先で頬を掻いた。

それからすぐに話題を変えるように、

「かのちゃんは？」

「ん？」

「将来の夢とかあるの？」

「え？　えーと……」

思いがけなく聞き返され、困った。

正直、今まであまり考えたことがなかったから。

これといって得意なものがあるわけでも、佐々原くんみたいに好きでたまらないものがあるわけでもないし。勉強もそれほど得意ではないから、なんとなく、どこか小さめの会社で事務の仕事でもしているのではないか、なんていう漠然とした予想ぐらいはしていたけれど。

だけど佐々原くんのしっかりとした夢を聞いた手前、そんなぼんやりしたことを言うのも恥ずかしくて、私が返事に迷っていると、

「接客の仕事とか」

「へ」

「向いてそうだよね。かのちゃん」

佐々原くんからはさらに思いがけないことを言われ、私は驚いて佐々原くんのほうを見た。

「接客？」

「うん。具合的にこれっていうのはわかんないけど。かのちゃん、人の話聞くのうまくて話しやすいし」

「え……ほんとに？」

そんなこと、はじめて言われた。思いも寄らない言葉に、呆けたように佐々原くんの顔を見つめたまま、何度かまばたきをしていると、

「さっきも、うれしかった」

「さっき？」

「俺の飛行機の話、聞いてくれてたとき。かのちゃんがすごい楽しそうに聞いてくれるから、うれしくて、ついべらべら話しちゃったし」

佐々原くんは穏やかな口調で続けて、軽く目を細める。その声にも表情にも嘘は見えなくて、胸の奥がじわっと温かくなるのを感じた。おくれてその熱は顔にも上がってきて、私はあわてて顔を伏せる。

「あ、ありがとう……」

「いや、こちらこそ」

——接客の、仕事。

たしかに自分から話すのがあまり得意ではない分、昔から人の話を聞くのは好きなほうだった。だけどそれについて取り立てて褒めてもらえるなんて、思ってもみなかった。しかも、佐々原くんに。

ほこほこと胸が鳴る。全身の爪先まで熱が広がる。

我ながら単純だと思う。だけどもうこの瞬間、私の将来の仕事が決まってしまったような気がした。

「ごめん、退屈じゃない？」

思い出したように佐々原くんが訊いてきたのは、そんな風にとりとめもなく交わしていた会話の切れ目で。

「えっ、全然！」私は驚いてぶんぶんと首を横に振った。

「全然退屈じゃないよ！　楽しいよ！」

「でも、さっきから飛行機も全然飛ばないし」

「ううん、それでも楽しい！」

嘘じゃなかった。本当に楽しかった。たしかに目の前に広がる景色はさっきから
まったく変わらないけれど、そんなことどうでもいい。むしろちょうどいい。おかげ
で佐々原くんとの会話に集中できるし、だけど視線は前方に向けておけるから、顔を
見て緊張することもない。もう、ずっとこうしていたいぐらい。
「ほんとに？」
「うん！　私は佐々原くんと話せてるだけで楽しい——」
そこまで口走ってから、はっとした。
しかもそこで思わず言葉を切ってしまったから、よけいにだめだった。何気ない調
子で流せば、佐々原くんもたいして気にしなかったかもしれないのに。
「あ、いやっ、その」
一瞬流れた微妙な沈黙に、さらにうろたえてしまう。
顔に熱が集まってきて、耳まで熱くなる。早くごまかさなければと思うほど、頭が
真っ白になって、
「隣の席なのに、話したことなかったから、その、前から話してみたいなって、思っ
てて」
——よけいに墓穴《ぼけつ》を掘った、気がした。
佐々原くんがこちらを見たのがわかった。だけど私は前を向いたまま動けなかった。

きっと真っ赤になっている顔を隠したくて、だけどあからさまに顔を背けたらそれこそバレバレのような気がして。もうどうすればいいのかわからず、ひたすら滑走路を睨んでいたら、

「かのちゃん」

短い沈黙のあと、佐々原くんが静かに私を呼んだ。落ち着いた声だった。

「お昼ご飯食べよ」

佐々原くんのほうを見ると、さらっとした笑顔でこちらを見る彼がいて。

「あ……う、うんっ」

そこになんの動揺も困惑もなかったことにほっとしながら、ほんの少し、寂しくもなった。

空港にはいくつかの飲食店があったけれど、佐々原くんたっての希望で、その中のファストフード店に即決した。地元にもある全国チェーンのお店だけれど、佐々原くんがそこを選んだ理由は、中に入ってみればすぐにわかった。店内に、大きな窓があったから。

窓の外にはちょうど滑走路が広がっていて、展望デッキほどではないけれど、飛行機がなかなかよく見えた。

もちろん佐々原くんは迷うことなく、窓際のいちばん端の席を選んでいた。曰く、「ここからがいちばんよく見えるから」と。

佐々原くんのお気に入りの席をしっかり確保してから、順番に注文をしにいく。先に佐々原くんが行って、そのあとに私が行った。

メニュー前で軽く五分は迷ってから、ようやく注文を済ませて席に戻る。

そこで、ちょっとどきりとした。

先に戻っていた佐々原くんが、スマホを手にしていたから。

教室で、よく見かけていたように。佐々原くんは表情のない横顔で、じっとスマホの画面に目を落としている。手持ち無沙汰に眺めている風ではなかった。佐々原くんの指先は、ずっと動いていたから。

人差し指の腹で、短く画面をタップする。何度も、繰り返し。

――文字をフリック入力する、動きだった。

「お……おまたせー」

気づいた途端妙な息苦しさにおそわれて、声が少し引きつった。

顔を上げた佐々原くんが、手を止める。その顔にはまた笑みが戻っていたけれど、なぜだか胸がざわついた。

私が正面の席に座ると、佐々原くんはすぐにスマホをテーブルの上に置いてくれた

ので、

「あ、あの、いいよ？」

「え、なにが？」

「誰かからラインでも来てたなら、先に返信しても……」

おずおずと、探るようにそんなことを言ってみると、

「いや、違うよ。大丈夫」

佐々原くんはあっさりそう返して、それきりスマホを手にしようとはしなかった。

だから私も、それ以上はなにも訊けなかった。

……違う、なら。

せっかく佐々原くんがやめてくれたのに、彼の返した答えが胸の隅に引っかかる。

誰かからのラインに、返信しようとしていたわけじゃないなら。

佐々原くんから、誰かに、ラインを送ろうとしていた、ってこと？

私が声をかけたときは、たぶんまだメッセージを打っている途中だった。それを止めてくれたみたいだけど、止めてよかったのだろうか。送らなくてもよかったのかな。

わざわざ今メッセージを送ろうとしていたってことは、急用じゃなかったのかな。

……急用じゃ、なかったなら。

なに、だったのだろう。

「あの」

「ん？」

「佐々原くんって」

――そんな頻繁に連絡とる相手って、やっぱ彼女じゃないの？

唐突に、以前聞いたたまきちゃんの言葉を思い出す。

クラスの女子たちが噂する、佐々原くんへの鬼ライン疑惑なんて、どうでもいいと思っていた。今までは、本当にこれっぽっちも、気にしてなんかいなかった。

佐々原くんが誰にメッセージを送っていたって。それが本当に、鬼のような頻度なのだとしても。なにも、悪いことだなんて思わないから。だから詮索する気なんて、少しもなかったのに。

なのに。

テーブルに置かれた佐々原くんのスマホが、視界の端にちらつく。ざわざわとした焦燥《しょうそう》が胸を走る。

その中身を急に、痛烈に、知りたくなってしまって。

「どうかした？」

「あ、ううん、あの、さ、佐々原くんって」

顔を上げると佐々原くんと目が合ってしまうから、意味もなくテーブルの上を睨ん

だまま、もごもごと口を開く。そうするとまた、そこに置かれたスマホが否応なく目に飛び込んできて、

「……ら、ラインの返信、早いよね！」

思わず口をついていた言葉に、すぐに、失敗した、と思う。わざわざそんなことを指摘するなんて、文句をつけているみたいで。

だからあわてて、いやうれしいんだけど！　と早口に続けようとしたとき、

「早いほうがうれしくない？」

さらっと佐々原くんが言って、一瞬ぽかんとした。

思わず顔を上げれば、声と同じだけさらっとした表情の佐々原くんがいて。

「ライン送って、返信早いとうれしいから。俺も早く返すようにしてる」

数秒、無言で佐々原くんの顔を見つめてしまった。

これ以上なく単純で明快なその答えは、まっすぐに胸に落ちた。そこでじんわりと、甘い熱を広げる。それはいっきに、喉元まで込み上げてきて、

「――わっ、私も！」

押されるまま口を開いたら、思い切り声が上擦った。だけどかまわなかった。それより今は、この共感を佐々原くんに伝えたくて。思わず、佐々原くんのほうへ軽く身を乗り出しながら、

「私もそう、そうなの！　返信、早いとうれしくて、だから私も早く返そうって、そう決めてて」

それだけ。それだけだった。——あのときも。

私の勢いに、佐々原くんがちょっと驚いたようにまばたきをする。それにはっとして、また後悔した。「あ、ご、ごめ……」急に恥ずかしくなってうつむきながら、だけど身体《からだ》の奥で広がった熱は、まだ指先まで満たしていて。

ほら、と高揚する胸の片隅で呟く。

クラスの女子たちへ向けてなのか、自分に言い聞かせているのかは、よくわからなかったけれど。

やっぱり佐々原くんは、なにも悪くない。おかしくなんてない。

私たちは佐々原くんのことを、なにも知らなかっただけで。

「これからどうしよっか」

「え？」

食べ終わりお店を出たところで佐々原くんに訊かれて、きょとんとする。

だって、

「また展望デッキに戻るんじゃないの？」

当然佐々原くんはそうするつもりなのだと思っていた。さっきだって、まだ全然眺め足りない様子だったし。飛行機の離着陸もまだ一回しか見ていないし。

そう思って聞き返したら、佐々原くんもきょとんとして、

「え、戻っていいの？」

「もちろん。私もまだ飛行機見たいし！」

勢い込んで大きく頷くと、佐々原くんはちょっと不思議そうな顔をして、

「かのちゃんって」

「うん？」

「飛行機好きなの？」

「え。……えーと」

ふいに訊かれて、返事に迷った。

好き……ではない。特に。

先ほど佐々原くんに力説された機体の美しさやエンジン音の良さも、正直さっぱりわからなかったし。間近で見た離陸に圧倒されたのはたしかだけど、だからといってまた見たいと思うほど惹かれたわけでもない。

ただ、飛行機に目を輝かせる佐々原くんが見たいのと、並んでベンチに座って佐々原くんとしゃべりたいだけで。

だけどさっき飛行機が見たいと言ったばかりなのに、否定するのもおかしい気がしたので、

「う、うん！　わりと」

「え、そうなんだ。好きな飛行機とかあるの？」

「え」

思いがけなく佐々原くんに食いつかれて、困った。

ない。そんなの。飛行機に名前があることすら、今日はじめて知ったぐらいだ。

だけどなんだかうれしそうな目で私を見る佐々原くんの視線に、気持ちが追い立てられる。なにか答えたいと思ってしまう。

けれど知らないものは答えようがなくて、それでも必死に記憶を探ってみたとき、

「――あっ、あれ！」

「あれ？」

ぽんと頭に浮かんだのは、今朝もしつこく眺めていた、佐々原くんのラインのホーム画面。

「ミンキージェット！　私、あれ好きだったよ！」

よかった。ひとつあった。

我ながらよく絞り出せたと思う。しかも嘘じゃない。好きだったのは本当だ。小学

生の頃だけど。ずっと乗りたいと憧れていた。

ラインのホーム画面に設定するぐらいだから、佐々原くんも好きなのは間違いない。

だからぜったい同調してくれると思って、私は笑顔で佐々原くんのほうを振り向いた。

けれど、

「ね、佐々原くんも——」

好きだった？と訊ねようとした声は、喉で詰まった。

こちらを見る佐々原くんの顔に、笑みがなかったから。

……え。

どきりとして、口元が強張る。

困惑して佐々原くんの顔を見つめる私を、佐々原くんもじっと見つめ返しながら、

「ミンキージェット？」

と、平坦な声で聞き返してきた。なにかを確認するみたいに。

「う、うん」

思わぬ反応に戸惑いながら、私は頷くと、

「小学生の頃、あったよね。私ミンキー好きだったから、乗ってみたいなって、思ってて」

「ミンキー好きなの？」

「え？　う……うん」

なんだろう。なにか変なこと言ったかな。

なんの表情も浮かばない佐々原くんの顔を見ているうちに、ざわざわと胸の奥をなにかが走る。その顔に見覚えがあったから。いつも教室で見ていた、彼の横顔。自分の席で、スマホをいじっていたときの。

そのどこか暗い横顔と、よく似ていた。

「あ、あの」

どうかしたの、と。込み上げた不安に押されて私が訊ねかけたとき、

「かのちゃん」

「は、はい！」

「俺と付き合ってください」

「……へ？」

こぼれた声もそのときの顔も、きっと、これ以上なく間抜けだった。

だけど取り繕う余裕なんてなかった。みじんも。ただ、ぽかんと佐々原くんの顔を見ることしかできなかった。

なにもわからなかった。さっきの会話から、なにがどうなってそうなったのか。彼がなにを思ったのか。

ただ、まっすぐに私を見る佐々原くんの目に迷いはなくて。冗談だとか、からかいではないことだけは、わかったから。

返せる私の答えなんて、もう、ひとつしかなかった。

第二章　知らないひと

翌朝、私は通学の電車の中で必死に考えていた。うーん、という低い唸《うな》り声が何度となく喉からあふれる。そのせいで、近くに立っている男子がときどき怪訝そうに見てくるけれど、気にしていられない。

だってまだ、答えが見つからない。もうすぐ学校に着いてしまうのに。

――昨日、あのあと。告白を受けてからの記憶は、なんだか曖昧だった。

また展望デッキに戻って、しばらく滑走路を眺めながらぽつぽつと話をして。空が薄暗くなってきた頃、空港を出て、帰りの電車に乗った。

そのあいだ、私はずっと頭がふわふわしていて、まともにしゃべれていなかった。ほとんど佐々原くんがなにかしゃべって、それに私が相槌を打つ、という繰り返しばかりだった気がする。申し訳ないことに。

ただ帰りの電車の中で、ひとつだけ、私から佐々原くんにお願いした。

私たちが付き合っていることは、学校では秘密にしてほしい、ということを。

佐々原くんはなんとなく不満そうだったけれど、私もこればかりはゆずれなかった。だって、あの佐々原くんがこんな地味女と付き合っているなんて知られたら。格好の噂のネタにされるのは、目に見えている。

だからせめてそれだけはお願いして、昨日は別れたのだけれど……。

「……うーん」

今頃になって、湧いてきた悩みがあった。

――教室で佐々原くんと顔を合わせたら、なんて言おう。

いや、言うべき言葉は『おはよう』に決まっているのだろうけれど。

だけど先週まで、私は佐々原くんに『おはよう』すら言ったことがなかったのだ。隣の席だというのに。登校したら、たいてい先に席についている佐々原くんの隣に、無言で座るだけで。

今思えばものすごく感じが悪かった気がするけれど、佐々原くんに挨拶をしたら舌打ちでもされるんじゃないかと、そんなことを思っていた。それが怖くて、挨拶すらできずにいた。

それなのに、いきなり今日から挨拶をしたら。

もちろん佐々原くんは理由を知っているから特になにも思わないだろうけれど、周りで聞いていたクラスメイトたちは、どう思うだろう。急になんだ、とか思わないだろうか。いきなり馴《な》れ馴れしくなったな、なんて訝《いぶか》しまれたりしないだろうか。

ともかく、佐々原くんはいろいろな意味で注目されているから。私は
だからといって、顔を合わせたのに無視をするわけにはいかない。今まではともかく、今の私たちは、つ……付き合っている、のだから。

駅に着き、学校へ向かう道中までうんうんと悩んだ末に至った結論は、周りにバレ

ないよう小声で挨拶をして、アイコンタクトをとる、というものだった。あくまで佐々原くんにだけ、伝わるように。

よし、そうしよう、と決めて、教室の前でいったん立ち止まる。そうして一度深呼吸をしてから、教室に入った。

佐々原くんはすでに自分の席に座っていた。その姿を目にした途端、鼓動が急速に速くなる。口の中が渇く。

私はゆっくりと歩いていくと、佐々原くんの席の近くまで来たところで、すっと息を吸った。そうして佐々原くんに、おはよう、と小さく声をかけようとしたとき、

「あ、おはよ、かのちゃん」

「へっ⁉」

それより先に気づいた佐々原くんが顔を上げるなり、さらっと言った。もちろん声量を絞ることはなく、はっきりとした声で。

ぎょっとして声を上げてしまった私を、佐々原くんは不思議そうな目で見ながら、

「どうかした？」

「あ、いや、あの」

──私、内緒にしてって言ったよね⁉

私はおろおろと焦りながら、佐々原くんへ必死に目線で訴える。

だけど佐々原くんに伝わった様子はなかった。きょとんとした顔をする佐々原くんの向こうに、反対隣に座る男子が驚いたような顔でこちらを見ているのが見えた。さっきの佐々原くんの言葉が聞こえたに違いない。『おはよう』だけならともかく、『かのちゃん』まで。

あわてて辺りを見渡せば、こちらに注目しているのは彼だけではなかった。近くにいたクラスメイトたちの耳に、佐々原くんの声はしっかり届いたらしい。皆いちように驚いた表情で、じっと私たちのほうを見ている。

それに気づいた途端、かっと耳が熱くなった。焦りが胸を焼く。

ごまかさなければ、と私は咄嗟に考える。だけど軽くパニックに陥る頭ではろくに思考が働かなくて、

「あの、私、と、トイレ！」

焦った末に、大声でそんな宣言をしていた。

直後に後悔して、さらに顔が熱くなる。だけど集まる視線からとにかく逃げたくて、そう告げるなり踵を返したら、

「はい、いってらっしゃい」

なんて当たり前みたいに佐々原くんが返したものだから、また周りがざわついたのがわかった。

——佐々原くんってば、佐々原くんってば！

早足で廊下を歩きながら、私は頭を抱える。

昨日私が言ったこと、忘れたのだろうか。それとも、これぐらいなら怪《あや》しまれないと思っているのだろうか。教室で言葉を交わしたり、名前で呼んだりするぐらいなら平気だって。

たしかにそれだけなら友達同士でもすることだけれど、佐々原くんは〝あの〟佐々原くんなのだ。女子なんてこれっぽっちも興味ありません、誰とも仲良くする気はありません、て態度バリバリだったのに、急にこんな仲の良い女子ができたら訝しまれるに決まっている。しかも相手が私みたいな地味女なんて。

教室に戻ったら、間違いなくどういうことかと訊かれるだろう。片瀬さんや鈴鹿さんから詰められたりしないだろうか。ああ嫌だ、教室戻りたくないな……。

そんなことをぐるぐると考えながら、とりあえず宣言してきた手前ちゃんとトイレに行って、出てきたところで、

「ちょっと、かの子」

「ひっ」

待ち構えていたたまきちゃんにつかまった。

思わず上げてしまった声に、たまきちゃんが眉を寄せる。

「なによ、〝ひっ〟て」

「や、ごめん、つい……」

「それより、なに、さっきの」

めずらしく興奮した様子で、ずいっと歩み寄ってくるたまきちゃんに、私は咄嗟に辺りを見渡した。近くにクラスメイトの姿はない。それを確認してからたまきちゃんの腕をつかむと、引っ張って廊下の隅まで移動した。

「あ、あのね」

そうしてたまきちゃんのほうへ顔を寄せ、小声でささやくように口を開くと、

「実は、週末にね、ちょっと、いろいろあって」

「うん」

「佐々原くんと、つ、付き合うことになって」

「はあ⁉」

目を見開くたまきちゃんに、しーっと私は人差し指を唇に当てながら、

「内緒、内緒ね。これ、みんなには知られたくないから、誰にも言わないで」

早口に重ねると、「え、でも」とたまきちゃんは戸惑った顔をする。

「内緒って言っても、佐々原くんは……」

言いづらそうにたまきちゃんが呟いた言葉に、嫌な予感がした。

そしてたまきちゃんの言いたかったことは、教室に戻ればすぐに察した。私が教室に入るなり、中にいたクラスメイトたちの視線がいっせいにこちらへ集まる。びくっと思わず肩が揺れたほどだった。まさか佐々原くんがなにか話したのだろうか、と嫌な予感を覚えながら、私は早足に自分の席のほうへ歩いていく。佐々原くんは今も自分の席に座っていた。そして近くまで歩いてきた私に、

「おかえり、かのちゃん」

当たり前のように、そんな言葉をかけてきた。もちろんなんの遠慮もない、ふつうの声量で。

ぎょっとして思わず動きを止める。佐々原くんのほうを見ると、なんともしれっとした顔でこちらを見る佐々原くんと目が合った。

「た、ただいま……」

なにか言いたかったけれど、注目が集まっている中ではそれも難しくて、ただ小声でそれだけ返して、席に座る。

それからいそいで鞄からスマホを取り出した。ラインのアプリを起動し、佐々原くんとのトーク画面を開く。焦る指先で短い文章を打ち、送信する。

【ばれちゃうから、教室では話さないほうが】

「……え、なに」

例によって佐々原くんは今もスマホをいじっていたから、届いたメッセージにすぐに気づいたらしい。隣で小さく呟く声が聞こえて、私は横目に彼のほうを見た。お願いします！という気持ちを込めた視線を送った、つもりだったけれど、

「なんで隣にいるのにラインすんの」

「へっ」

「直接言えばいいじゃん。おもしろいことするね、かのちゃん」

私の必死の訴えなんて気にした素振りもなく、あっけらかんと肉声で答えを返してきた。はっきりと、私のほうへ顔を向けて。

唖然とする私に、佐々原くんが小さく笑みを向けてくる。あいかわらずまぶしい笑顔だけれど、今はときめいている余裕なんてなかった。

そうこうしているうちに始まった一限目は英語で、担当は森川《もりかわ》先生という女性の先生だった。

森川先生が話しだしたのを見て、私はなんとなくほっとする。遠慮なく集まっていたもの問いたげな視線もみんな前を向いたし、授業中は佐々原くんが話しかけてくることもないだろうから。

ふう、と息を吐いて、机の上に英語の教科書とノートを広げる。

そこで、ふと思いついた。真っ白なノートを一枚破る。

——そうだ、今なら。さっきみたいに、佐々原くんがみんなに聞こえるような声でなにか言うことはないだろうし。私の言いたいことを一方的に伝えられる、絶好のチャンスかもしれない。

そう思って、シャーペンを紙切れに走らせはじめる。

教壇のほうからは、森川先生のなんとなく刺《とげ》のある声が聞こえてくる。普段からちょっとギスギスしたところのある先生だけれど、今日は特に虫の居所でも悪いのか、言葉尻がやたらきつい。

そんな先生の声を聞きながら、私はいそいで紙切れに文章を書いた。授業中だからさすがに長々とした手紙は書けなくて、あくまで端的にだけど。私の気持ちと要望を、できるだけ切実に伝えられるように。

【ごめんね。教室ではあんまり話しかけないでほしいです。

うれしいんだけど、みんなにばれちゃうかもしれないから。

あと、かのちゃんって呼ぶのも、教室ではやめてほしいです】

書き終えると小さく折りたたんで、手のひらの中に握りしめる。そうしてその手を膝の上に置いて、佐々原くんに渡すタイミングをうかがった。

今はまだ先生がこちらを見ているから、黒板になにか書きはじめたときにしよう。

そう考えながら、膝の上に目を落としたとき、

「――ちょっと、依田さん？」

「へ」

ふいに前方から鋭い声が飛んできた。

びっくりして顔を上げると、森川先生がまっすぐに私を見ていた。ぎゅっと眉を寄せ、睨むような目で。

まさか手紙を書いていたのがばれたのかと、その不機嫌な視線に身体を強張らせていると、

「なに携帯いじってるの」

「え？」

「さっきから下向いて。次やったら取り上げるから」

「え、あ」

いじってません、と反論する間もなく、森川先生はぴしゃんと言い切って教科書へ視線を戻した。手を膝の上に置いて下を向いていたから、そう見えてしまったらしい。

顔が熱くなるのを感じて、私はうつむいた。授業中に名指しで注意されたのははじめてだった。周りのクラスメイトたちがなんとなくうかがうようにこちらを見ているのがわかって、さらに恥ずかしくなる。

もう佐々原くんに手紙を渡すどころではなくなって、うつむいたまま拳をぎゅっと握りしめていたとき、

「……いじってないじゃん」

隣でぼそっと呟く声が聞こえた。

え、と思って声のしたほうを見ると、

「せんせー、依田さんケータイ持ってないですよ」

急に佐々原くんがそんな声を上げるものだから、面食らった。

森川先生も、周りのクラスメイトたちも、驚いたように佐々原くんのほうを振り返る。佐々原くんは片手を挙げて、まっすぐに教壇のほうを見据えたまま、

「依田さん、ずっとケータイなんていじってなかったです。先生の見間違いです」

はっきりとした声で、そう繰り返した。

佐々原くんが授業中に発言するのを聞いたのは、それがはじめてだった。

私があっけにとられてそんな佐々原くんの横顔を見つめていると、

「ああ、そうなの?」

教壇のほうからは森川先生の少しバツが悪そうな、だけどやっぱり不機嫌な声が返ってきた。

「でも授業聞いていなかったでしょ、依田さん。さっきからノートもとってなかった

し」

「あ……は、はい」

せっかく佐々原くんが庇ってくれたのに、そこは反論できなくて私はもごもごと頷く。たしかに聞いていなかった。手紙を書いていたから。むしろスマホをいじっているよりひどいかもしれない。

「すみません」と小さく謝ってまたうつむいたとき、いきなり佐々原くんが立ち上がった。がたん、と椅子が音を立てる。

かと思うと、急に腕をつかまれ、ぐいっと上へ引っ張られた。

「――へっ」

一瞬、なにが起こったのかわからなかった。

引き上げられた身体は、よたよたっと椅子の横に立つ。驚いて佐々原くんのほうを見たけれど、目は合わなかった。佐々原くんはまっすぐに教壇のほうを見据えたまま、

「依田さんが気分悪そうなので、保健室に連れて行きます」

はっきりとした声でそれだけ告げると、先生の返事も待たず、さっさと歩き出した。

もちろん私の腕はつかんだまま。

「え、え？　ちょ……」

理解が追いつかないまま、私は引きずられるようにして佐々原くんといっしょに歩

く。混乱のせいでよく耳に入らなかったけれど、教室を出て行く間際、女子たちが「え、やっぱりあのふたりって……」とざわつく声がかすかに聞こえた。

「あー、むかつく」

教室を出た佐々原くんは、当然のように保健室へは向かわなかった。

苛立たしげに呟きながら、大股で廊下を進み、突き当たりにある鉄の扉を開ける。

あいかわらず彼の手は私の腕をつかんでいるので、引っ張られるまま私もいっしょに歩いていた。

「間違えたんならさあ」

「へ」

「まずは一言謝れっての。そう思わない?」

渡り廊下から北校舎に移った佐々原くんは、迷いなく階段で四階まで上がる。

階段を上りきった先にあるのは、屋上へ出るためのドアだ。けれど普段は施錠されていて、開けることはできない。佐々原くんもそれは知っていたのか、ドアのほうへ向かうことはなく、階段の最上段に腰を下ろすと、

「さっきの森川センセ。けっきょくかのちゃんに謝らなかったし」

ねえ、と不機嫌そうに同意を求められたけれど、私はなにも返せなかった。

佐々原くんの座っている場所から五段ほど下のところに立ち尽くしたまま、黙って佐々原くんの顔を見上げる。

佐々原くんはポケットからスマホを取り出しかけたようだったけれど、私の顔を見るとふと動きを止めて、

「……え、なに」

眉を寄せ、怪訝そうに訊いてきた。

「その青い顔。どうしたの、まさかかのちゃん、本当に気分悪い？」

「うん」

「え、マジか。保健室行く？」

「ううん、そういう悪さじゃなくて……」

佐々原くんが向けてくれるとんちんかんな気遣いに、私は力無く首を振る。

頭を満たしているのは、さっきちらっと聞こえた、クラスメイトたちのざわめきだ。

教室を出て行く私たちの背中にかかった、好奇と戸惑いの。

……ばれた。たぶん、もう完全に。

どう考えても絶望的な状況に、私は泣きたい気分でうなだれる。

だってふたりで授業中に教室を抜け出すなんて、墓穴もいいところだ。

……終わった。

「じゃあどういう悪さ？　あ、わかった、お腹？　トイレ行く？」

「違う」

消沈する私に、佐々原くんからは、あいかわらずどこかずれた気遣いが降ってくる。

どうやら本気でなにもわかっていないらしい佐々原くんに、なんだか逆に力が抜けてきて、私は手のひらに握ったままだった手紙を差し出した。

「……これ」

「なにこれ」

「手紙。私、さっきこれ書いてたの。佐々原くんに」

佐々原くんは黙って私の手から手紙を受け取ると、中を見た。文面を読んでいく佐々原くんの眉をひそめられる。

数秒で読み終わるはずの短い手紙だけれど、なにかを考え込むように、佐々原くんは長いことそうしていた。

やがて、佐々原くんがゆっくりと顔を上げる。それからちょっと困ったように眉尻を下げた表情で私を見て、

「ごめん」

「え」

「もしかして俺、よけいなことした？」

その表情も言葉もあまりに思いがけないものだったので、私は一瞬あっけにとられた。

黙って佐々原くんの顔を見つめ返せば、佐々原くんはその眉尻を下げた表情のまま、

「かのちゃん、さっきけっこうきつく注意されて、なんか泣きそうな顔してたから。俺も腹立ったし、つい連れ出しちゃったけど。ごめん、俺相手の気持ち考えないで突っ走るところあるから」

ごめん、と落ち込んだ声で繰り返されたとき、急に胸の奥からぶわっと熱いものがせり上がってきた。それに、さっきまで頭を満たしていた焦りももどかしさもぜんぶ押し流される。

「う、ううん！」と私は弾かれたように首を横に振ると、

「違う、違うの、助けてくれたのは本当にうれしかったんだ。ありがとう。ただね、昨日も言ったけど、佐々原くんと付き合ってることはみんなには内緒にしたくて」

早口にまくし立てる私に、うん、と佐々原くんは静かに頷いて、

「そうだよね。俺、地雷とか言われてるし」

「え？　ち、違うよ！」

急にそんな自虐的なことを口にするので、ぎょっとしてまた首を横に振った。

「それは全然関係ないの！　そんなこと気にしてるわけじゃなくて、というかむしろ

佐々原くんがすごくかっこよくてすてきな人だから、それで」

「は？」

急いで訂正していると、今度はなにか信じがたいことを耳にした、みたいな声が返ってくる。

「いや、どこが。かのちゃんも知ってるでしょ。俺、マジで地雷だしガチの飛行機オタクだし」

「それはそう、なんだけど……でも、とりあえずかっこいいんだよ、佐々原くんは。すごく目立つし、だけど私は地味だし、佐々原くんとは釣り合ってないし……なんで私みたいなのが佐々原くんと付き合ってるんだって、周りから見たら不可解で、不愉快かもしれないし……」

「意味わかんない。なんで付き合ってるかなんてふたりの問題だし、周りにはなんにも関係ないじゃん。不可解だろうとべつに不愉快になられる筋合いはないし。なんでかのちゃん、そんなに周りの目ばっかり気にしてんの」

「……だって」

心底不思議そうに聞き返され、私は口の中でだけ呟いて、自分の足元を睨んだ。

誰かに嫌われるのは、怖い。

温度のない目を向けられるのも、悪意のこもった言葉を投げつけられるのも。たまらなく痛くて、しんどい。

……もう、あんな思いは、したくない。

だけどそんなことまでは言えなくて、うつむいたまま黙り込んでいると、

「いや、まあいいけど」

「え」

「かのちゃんがそこまで嫌なら。なるべく話さないようにしてあげる。こそこそするのってすごい嫌なんだけど。なんにも悪いことしてるわけじゃないし」

とてつもなく不本意そうではあったけれど、佐々原くんからは思いがけない言葉が返ってきて、私はぱっと顔を上げる。

「え、あ……ありがとう！」

全力で感謝の言葉を投げれば、佐々原くんは短く首を振ってから、スマホを取り出した。そうして画面に目を落とすと、なにかいじりはじめたので、

「あ、待って！　佐々原くんはそろそろ教室戻らなきゃ！　私を保健室に連れていったのに、佐々原くんまで戻ってこなかったら怪しまれちゃうよ」

「え、うそでしょ。今更戻るとか……」

「お願い！　ただでさえ今あやしい状況になってるのに、ここで佐々原くんが戻らなかったらもうぜったいばれるから！　ね！」

「えー……面倒くさ」

うんざりした声でぼやきながらも、佐々原くんは素直に私の言ったとおり、スマホをポケットに入れて立ち上がると、階段を下りていった。


「――さて、かの子さん」

昼休み。私はたまきちゃんとふたり、中庭でお弁当を食べていた。

座っているのは、ひとつだけ少し離れた位置にぽつんと置かれたベンチ。たまきちゃんの後ろで、背の低い木々が風にあおられ小さく揺れている。吹き抜ける涼しい風が、頬を撫《な》でていった。

あえてここを選んでくれたのは、きっとたまきちゃんの計らいだ。中庭には、他にもお昼ご飯を食べている人たちがいるから。ここなら、私たちの会話が彼らに聞かれることはないだろう。

「なにがどうなってそうなったのか、詳しく聞かせてもらいましょうかね」

まるで取り調べでも始めるみたいに、たまきちゃんが重々しく切り出す。きんぴらごぼうをつまんだ箸先を、軽くこちらへ向けながら。

「はい」

私も合わせるように重々しく頷いたけれど、内心は話したくてたまらなかったから、声はちょっと浮ついた。

みんなに知られるのは嫌なのに、こんな幸せを私の中だけに抱えているのも、それはそれで破裂してしまいそうで。たまきちゃんにだけは話そうと決めてから、ずっと早く話したくてうずうずしていたのだ。

「えっとね」

卵焼きを口へ運びかけた手も止めて、私は早口にしゃべりだすと、

「きっかけは、金曜日の放課後、私が電車に乗り遅れそうで駅まで走ってたときでね」

「うん」

「そこで佐々原くんに会って、佐々原くんが私の鞄を持って駅まで走ってくれたんだ」

「えっ、なにそれ優しい！」

たまきちゃんが返してくれた期待どおりの反応に、「でしょ!?」と思わず身を乗り出して同意する。

「しかも、しかもねっ」と私は箸を放り投げるようにお弁当箱の上に置くと、

「私が乗ろうとしてたのは下り電車だったんだけど、佐々原くんは違ったんだよ。上り電車だったの。だから佐々原くんは、べつに走らなくてもよかったの。なのに私のために走ってくれたんだ。重たい鞄を持って」

意気込んでまくし立てる私に、たまきちゃんはちょっと驚いたようにまばたきをし

てから、

「意外と優しいんだねえ、佐々原くんて」

感心したようにそんなことを呟いていたので、「そうなの！」と私は全力で頷いておいた。

「優しいんだよ、佐々原くん」

しかも飛行機が好きだなんてかわいいところがあって、飛行機の話になると途端に子どもみたいな顔になるのも本当にもう涙が出るほどかわいくて……なんて話もしたくてたまらなかったけれど、そこはぐっとこらえておく。

まだ、私だけの宝物にしておきたいと思った。

「それで、それでね」と私は浮き立った口調で続けると、

「そのお礼を言いたくて、夜ラインしたんだ。そうしたらけっこう会話が続いて……それで、なんだか流れで、日曜日いっしょに遊びに行くことになって」

「え、なにその急展開」

「うん、私もびっくりだったんだけど……それで日曜日いっしょに遊んで、そこで、つ、付き合うことになりました」

自分でも急展開だと思いながらもそう結ぶと、たまきちゃんはぽかんとした顔でまばたきをした。「……え、待ってよ」いまいち話の流れについていけなかったみたい

に、困惑した顔で片手を挙げる。

「よくわかんないけど、佐々原くんもかの子のことが好きだったってこと？　それまで話したことあったの？」

「いや、全然。そのときはじめて話したよ」

即答すると、たまきちゃんはますます困惑した表情になった。

彼女が困惑する理由はよくわかった。だって私も、全然ついていけていないから。なにがどうなって今こうなっているのか、まったくわからない。

だからそれ以上の説明もできずに困っていると、「……まあいっか」とたまきちゃんは気を取り直したように呟いて、

「べつに話したことなくても、気になることだってあるよね。かの子の顔が佐々原くんの好みドストライクだったのかもしれないし」

「そう、なのかな」

「うん、そうそう。そう思っておこう」

湧きかけた疑念を追い払うように、たまきちゃんは明るく笑う。

それに私も笑顔を返しながら、だけどきっとそれはない、ということも頭の片隅で確信していた。

私の顔にひと目惚《ぼ》れするほどの魅力はない。間違いなく。十五年間この顔で生きて

きたのだから、それぐらいは悟っている。片瀬さんや鈴鹿さんに比べたら、数段落ちることぐらい誰がどう見ても明らかだ。

——だからたまきちゃんが口にしたのは、私の中でもずっとくすぶっていた疑問だった。そして今までなんとなく見て見ぬ振りをしていた、違和感だった。

あらためて突きつけられたそれに、ふと胸が落ち着かなくなったとき、

「……あれ、じゃあさ」

きんぴらごぼうを飲み込んでから、思い出したようにたまきちゃんが口を開いた。

「佐々原くんがいつもライン送ってたの、あれ、彼女じゃなかったんだね」

どくん、と心臓が跳ねた。

瞼の裏に、スマホをいじる佐々原くんの姿が浮かぶ。

私は口の中に入っていた卵焼きを、なんとか飲み込んでから、

「……う、うん」

本当のことなんてなにも知らないくせに、追い立てられるような気分で、そう頷いていた。

「他校にいる友達みたいだよ」

そうだといい、と願いながら、咄嗟にそんな言葉を重ねる。

それにたまきちゃんが「なんだ、そうだったんだね」と笑顔で相槌を打って、この

話題は終わった。

だけど私は手を止めたまま、動けずにいた。急に喉をなにかでふさがれたみたいに、食欲がなくなって。

「……あの」

「うん？」

「たまきちゃん、は」

――ラインを四六時中送りつづける相手とか、いる？

思わずそんなことを訊きたくなって、だけど返ってくる答えなんてわかりきっている気がして、やっぱりやめた。「なんでもない」とごまかすように笑って、無理矢理プチトマトを口へ放り込む。

そうしてしばらく無言でお弁当を食べていたら、

「そういえばさ」

もぐもぐと口を動かしながら、たまきちゃんがまた思い出したように口を開いた。

「あたしが通ってる塾に、佐々原くんと同じ中学だったって子がいたよ。最近知ったんだけど」

「えっ、そうなの？」

聞き返してからふと、佐々原くんの出身中学なんて知らないことに気づく。

あれだけ目立つ人なのに、思えば一度も、中学時代の彼について誰かが話しているのを聞いたことがない。佐々原くんについての情報には、日頃から聞き耳を立てていたはずなのに。

「どこの中学なの？」

「伊豆見《いずみ》中。あたしの通ってる塾、伊豆見市にあってさ」

「え、伊豆見？」

思いがけない地名が出てきて、驚いて聞き返す。

伊豆見市といえば、ここから小さな町をひとつ挟んだ先にある、比較的大きな市だった。それほど遠いわけではない。この高校の最寄り駅からは、たぶん電車で二十分ぐらい。

だけど伊豆見市からこの高校に通っている人がいるなんて、思わなかった。

伊豆見市はこの辺りよりずっと都会だし、高校もたくさんある。対してうちの高校は、特に目立った伝統や実績があるわけでもない、いたってふつうの進学校だ。わざわざ電車で二十分かけてこの高校に通わなくても、同ランクの高校ならもっと近場にありそうなのに。

「めずらしいよね」

たまきちゃんも私と同じ感想を抱いたようで、不思議そうに呟くと、

「せっかく伊豆見に住んでるなら、こんな田舎の高校来なくてもいいのにね。あたしならぜったい選ばないけどな。ふつうにあっちのほう、もっといい高校あるし」

「うん」

たまきちゃんの言葉に同意しながら、だけどよかったな、なんてしみじみ思う。

佐々原くんがこの高校に来てくれて。佐々原くんが伊豆見市の高校に行っていたなら、当たり前だけど会えていなかっただろうから。

今更佐々原くんと出会えた幸運を噛みしめつつ、ウインナーを口に運びかけたところで、

「……あの、たまきちゃん」

ふと、さっきたまきちゃんの口にした言葉を思い出して、また手を止めた。

たまきちゃんの顔を見る。

「なに？」

「その……同じ塾にいる、佐々原くんと同じ中学だった子って、たまきちゃんと仲良いの？」

「ああ、うん、わりと」

「……じゃ、じゃあ」

その子なら、もしかしてなにか知っているのではないだろうか。この高校にいる誰

も知らない、中学時代の佐々原くんを知るその子なら。佐々原くんがラインを送り続けている、相手についても。

ふいにそんな考えがよぎったけれど、

「あ、なに、その子と話してみたい？　いいよ、今度いつか時間とってもらうようにあたしから言っとこうか」

私の言いたいことをすぐに察したらしく、先に訊いてきてくれたたまきちゃんには、私は妙にあわてて首を横に振っていた。

「あ、ううん！　いいの、大丈夫」

だって、こんな風に裏で佐々原くんのことを探るのは良くない。これこそ重い女の典型みたいな行動だし。もし佐々原くんに知られたら、嫌われるに決まっている。

私はもう、失敗したくない。今度こそ。

――嫌われたく、ない。佐々原くんには。

階段でのやり取り以降、佐々原くんが人のいるところで私に話しかけてくることはなかった。帰り際にも『ばいばい』の挨拶を交わすことはなく、佐々原くんはひとり、無言で教室を出ていった。だから私もいつものように、ひとりでとぼとぼ帰宅した。

「……疲れた」

家に着くなり、力なく呟いてベッドに倒れ込む。

朝の出来事のせいか、今日は一日中、クラスメイトたちからの探るような視線を感じていた。おもに女子からの。

――あんな地味女が、なんで佐々原くんと。

そんな心の声が肌にぴりぴりと刺さるような、露骨《ろこつ》な視線だった。

あの視線の中、平然と佐々原くんと話せるような度胸は、私にはない。

だから佐々原くんが私の頼みを聞いてくれたことに心底ほっとしつつ、けれど勝手ながら、少し寂しくもなった。本当に勝手だけれど。

できるなら、私だってもっと佐々原くんと話したかった。せっかく付き合うことになったのに。隣の席にいるのに。もっと他愛ない、いろんな話がしたかった。『かのちゃん』と呼んでくれる佐々原くんの声を、もっと聞きたかった。

はあ、とため息がこぼれる。そこで太ももの辺りに硬い感触が触れて、スカートのポケットに入れっぱなしだったスマホを思い出した。

ごそごそと取り出して、画面を見る。なにも通知は来ていない。その殺風景なホーム画面をぼんやり眺めているうちに、ふと思い立った。

……ライン、送ってみようかな。

アプリを立ち上げる。佐々原くんとのトークはいちばん上にあるから、探すまでもない。

だけどその名前に触れようとした途端、心臓が早鐘を打ちはじめた。

重い、だろうか。

ふっと、そんな不安が胸をよぎる。同時に、耳の奥に貼りついて消えない声がまた、嫌になるほどの鮮やかさでよみがえってきた。

『毎日毎日送ってくんのやめてくんない？　重いし、面倒くさいんだよ』

いまだに思い出すたび、ぎゅっと心臓をつかまれたような心地になる、低い声。動《どう》悸《き》が激しくなって、目の奥が熱くなって。思い切り頭を抱えて、うずくまりたくなるほど。

……また、送ったら。

同じことを、言われるかもしれない。今度は佐々原くんに。

だって私は〝重い〟から。〝面倒くさい〟から。

「……やめとこ」

気持ちはすぐにしぼんで、私は画面に触れようとした指を引っ込めた。

付き合いはじめたからといって、急に調子に乗らないほうがいい。ちゃんとわきまえておかないと。私は〝重い〟のだから。

うんうんとひとり頷いて、スマホをベッド脇の机に置こうとしたときだった。

ぶるる、と手の中でスマホが震えた。

びくりと肩が跳ねる。あわてて顔の前に持ってきた画面には、【新着メッセージがあります】というラインの通知があった。その下に表示されているのは、佐々原くんの名前。

目にするなり、私はなにも考える間もなくそれをタップしていた。

アプリが起動し、トーク画面が開く。

【ただいまー】

【もう帰ってる?】

高い鼓動が、体中に響いた。私は思わず飛び起きて、ベッドの上に正座する。スマホをぎゅっと握りしめ、画面を凝視する。

――佐々原くん。佐々原くんだ!

あらためてその名前を確認してから、急いで指先を画面に走らせる。動揺して少し震えた。

【帰ってるよ!】

ぱっと吹き出しが現れると同時に、既読がつく。さらに三秒も置かず、下に新たな吹き出しが現れた。

【おかえり】

【今日、誰かになんか言われた？】

なんか？　なんかってなんだろう。

佐々原くんがなにを訊きたいのかわからず、指先が固まっていると、

【かのちゃん心配してたじゃん。俺と付き合ってるって知られたら、周りからなんか言われるって】

【ほんとになんか言われたのかなって】

ぽんぽん、と、間を空けず佐々原くんからの吹き出しが続いていく。

そこでようやく理解して、私もあわてて文字を打つと、

【大丈夫！　なにもなかったよ】

【ほら】

佐々原くんからのレスは、送信とほぼ同時だった。

【かのちゃんが思ってるほど、周りは気にしてないんだよ】

【いや気にはしてたよ、私けっこう見られてたし】

【そう思うからそう感じただけじゃない？　自意識過剰ってやつ】

【違うよ！　たぶん……】

途中でちょっと自信がなくなって尻すぼみになったメッセージに、佐々原くんから

はスタンプが返ってくる。こちらを指さし、お腹《はら》を抱えて笑うクマのスタンプ。コミカルなそのイラストに、私も思わず笑ってしまう。そうして、【ほんとに見られてたってー】なんてくだらない言い合いをしているうちに、ふと気づいた。

自分がなんの迷いも緊張もなく、ラインを送れていることに。

〝あの日〟以降、私はラインが大の苦手だった。できることなら誰にも送りたくないぐらい、忌々しいツールだった。とはいえ今時ラインなしで学生生活を送ることなんて難しいから、仕方なく使ってはいたけれど。

だけど仲の良い友達と一対一でやり取りをすることすら、いまだにものすごく緊張した。誰かにラインを送るときは、必ずメモ帳に文章を下書きをして、何度も読み返してから、それをコピペして送るようにしていた。通知に気づいても、すぐには既読をつけないことも心がけていた。待ち構えていたみたいで気味が悪いかもしれないから。せめて五分ぐらいは時間を置いてから、メッセージを開くようにしていた。

重くならないように。それでいて感じ悪くもならないように。適度な長さと絵文字の数、そして返信間隔を、必死に考えながら。

なのに。

【かのちゃんが思ってるほど、みんなは俺らに興味ないよ、たぶん】

【いや興味はあるよ、おもに佐々原くんにだけど】

佐々原くんから間髪入れず返ってくるメッセージには、私も間髪入れず返していた。もちろん下書きなんてしている暇はない。それどころか、重いかどうか気にしている暇も。

それでも指先が強張ることはなかった。息が苦しくなることも、動悸が激しくなることも、緊張に吐き気がすることも。

ごく自然に、当たり前みたいに、メッセージを送れていた。

思えばはじめて佐々原くんとラインをしたときも、そうだった。最初のメッセージを送るときはさすがに汗がにじむほど緊張したけれど、途中からはぽんぽんと、思うがままのメッセージを送っていた。

佐々原くんの返信が早いから、それに追いつこうと必死だったのもあるけれど。だけどそれとは別のところで、妙な安心感があったのもたしかだった。

佐々原くんならいいんだ、って。きっと大丈夫だって。

そんなに気を張り詰めてラインを送らなくても。気を遣わなくても。私のラインに引いたり、重いと思ったり、そんなことはしないって。

だって、佐々原くんは。

――鬼ラインをする、地雷男子だから。

【じゃあもし誰かになにか言われたときは、俺に教えてよ】

そこで文面にふと真剣な色がにじんだ気がして、私は思わず指を止めた。え、と声をこぼしたとき、さらに佐々原くんからのメッセージが続く。

【かのちゃんが言ってたみたいに、不愉快に思った誰かが】

【かのちゃんに、文句でも言ってきたら】

【ちゃんと俺に教えて】

文字だけなのに、今までの軽い調子のやり取りとは重さが変わったことが、はっきりと感じられた。

それに、胸がきゅっと甘く締めつけられる。身体の奥に温かいものが広がる。頬がゆるむのを感じながら、私はさっきまでより丁寧に、【ありがとう】と返信を打った。

【そうするね】

【うん。約束ね】

もし本当にそんなことがあって、私がそれを佐々原くんに教えたら。

佐々原くんはきっと、その相手を咎めてくれるのだろう。片瀬さんたちや、森川先生に突っかかってくれたときみたいに。

それが不思議なほど確信できて、喉の奥からつんと甘いものが込み上げる。広がった温かさが爪先まで満たして、私は思わずスマホを握る手を自分の胸へ引き寄せた。目を瞑《つむ》る。そうして一度、口でも「ありがとう」と呟いてから、ふたたびスマホに目を落とした。

画面には、【そういえば数学の課題終わった?】と、もう話題を変えた佐々原くんのメッセージが表示されていた。

それから佐々原くんとのラインは、夜中まで続いた。

お互い晩ご飯を食べたりお風呂に入ったりするあいだは中断しつつ、本当に他愛ない世間話ばかり、何時間も。

会話が途切れることはなかった。途切れそうになったら、佐々原くんがすぐに新しい話題を振ってくれるから。

そんな佐々原くんの姿勢にも、安心した。佐々原くんが私とラインを続けたいと思ってくれているのが、はっきりと伝わってきたから。

その夜は寝るまでスマホを手放せなかったけれど、ちっとも嫌ではなかった。疲れることもなかった。久しぶりに気を遣うことなく交わせているラリーが、本当に楽しかった。

——そうだ、本当は楽しいんだ、ラインって。

ふいにそんなことを思い出す。

前は好きだったんだ。とても。離れていてもつながっていられるのがうれしかった。ぽんぽんと会話するみたいにラリーが続くのも。おもしろいスタンプが送れるのも。楽しくてうれしくて、たくさん伝えたいことがあって、だから——。

十二時を過ぎた頃、さすがに寝ようかという話になって、そこでラリーは終わった。さんざん話したくせに、佐々原くんから【おやすみ】と送られてきたときは寂しくなってしまう。けれどそのあとに続いた【また明日】という言葉に、心臓が鳴った。口元がゆるむ。——明日も佐々原くんは、私とラインをしてくれるんだ。

そしてその言葉どおり、佐々原くんからは翌日もラインが届いた。

しかも、朝の六時半に。【おはよう、かのちゃん】という、本当に起き抜けらしいラインが。

さすがに朝は佐々原くんも準備で忙しいらしく、夜ほどの即レスは返ってこなかったし、私もできなかったけれど。それでも電車の中などスマホを触れるときに、ぽつぽつとやり取りをした。今日提出になっている宿題の確認とか、また森川先生の授業があるね、嫌だね、なんていう愚痴とか。

だけど教室で顔を合わせたときには、なんの言葉も交わさなかった。先週までと同じように。ただ席が隣なだけの、特に仲が良いわけでもないクラスメイトとして過ごした。

学校にいるあいだは、佐々原くんからラインが届くこともなかった。

ラリーが再開されたのは、また放課後、家に帰ってから。昨日と同じぐらいに佐々原くんからラインが届いて、そこから夜中まで、尽きることなくいろんな話をした。

そしてこの流れは翌日も、翌々日も続いた。学校では話さず、できるだけ目も合わさず、朝と夕方以降、ラインでめいっぱい話す。そんな日々を続けているうちに、しばらく向けられたクラスメイトたちの露骨な視線も、だんだん減っていった。

ラインではなく、佐々原くんと面と向かって会話を交わすことができたのは、次の週末。

先週と同じように、金曜日の夜にラインで約束をして、いっしょに出かけることになった日曜日だった。

私は『また空港でもいいよ』と言ったのだけれど、佐々原くんが、『今度はかのちゃんの行きたいところに行こう』と言ってくれた。

なので畏れ多くも、伊豆見市にあるショッピングモールをリクエストした。

特になにか買いたいものがあったわけではなくて、ただ、佐々原くんが伊豆見市に住んでいることを知ったから。伊豆見市内なら佐々原くんの移動が少なくて楽かな、と思ったのと、あとは単純に、佐々原くんの住んでいる街に行きたくなったのだ。

電車に乗って、待ち合わせ場所である伊豆見駅に向かう。私の住んでいる街よりずっと都会にあるその駅は、たくさんの人が行き交っていた。

着いたのは待ち合わせ時間の五分前だったけれど、今日もそこには、すでに佐々原くんの姿があった。人の流れを避けるように駅舎の側に立っている彼のもとへ、私は駆け足で近づくと、

「おはよう、佐々原くん！」

「おはよ、かのちゃん」

周りを気にすることなく堂々と、挨拶を交わす。しかも今日は、これで終わりじゃない。ここから他人の振りをする必要なんてない。今からも、佐々原くんとたくさん話ができる。いっしょにいられる。

そんな喜びを噛みしめながら、私は駅から続く大通りを佐々原くんと並んで歩きだす。

「あの、今日行くお店、場所わかる？　私、いちおう地図で調べてきたけど……」

「大丈夫だよ。行ったことあるし、道ならわかるから」

私が意気揚々とスマホを取り出そうとしたら、佐々原くんからはそんな言葉が返ってきて、

「あっ、そうだよね。佐々原くん、地元だもんね」

遅れて気づいて、ちょっと恥ずかしくなる。地元民に道案内をしようとしていたとは。

いたたまれなくなって、私がそそくさとスマホを鞄にしまっていると、

「かのちゃん、知ってたんだ」

「え、なにを？」

「俺が伊豆見に住んでるって」

「あ、う、うん」

呟いた佐々原くんの声が少し硬かった気がして、一瞬どきりとした。

「あ、あの」なぜだか言い訳するような気分になりながら、私は早口に語を継ぐと、

「クラスの子が話してるの聞いて……ご、ごめんね」

「なにが？」

思わず口をついた謝罪の言葉に、佐々原くんはおかしそうに小さく笑うと、

「べつに謝ることじゃないと思うけど」

「あ……う、うん、そうだよね」

意味もなく前髪をいじりながら、私はもごもごと頷く。

そこで会話が途切れたのがなんとなく気まずくて、「で、でも」と私は必死に話題を手繰ると、

「伊豆見からうちの高校来るって、めずらしいよね」

「そうかな」

「だってほら、けっこう遠いし、伊豆見なら他にもたくさん高校あるし……な、なんでかなって」

「べつに、なんとなく。行きたかったから」

佐々原くんから返ってきた答えは、どこか素っ気なかった。

そこからはこの話題をあまり続けたくない雰囲気が伝わってきて、私は「そっか」とだけ返して、それ以上はなにも訊かなかった。

ショッピングモールに着いた私たちは、気になったお店があったら入ることにして、とりあえず一階からぶらぶらと店内を歩き回っていた。

一階に入っているのは女性向けのアパレルショップが多くて、

「ね、佐々原くんって」

「うん？」

そこに並ぶいろんな格好のマネキンを眺めているうちに、ふと気になって訊いてみた。

「女の子のファッションは、こういうのが好きとかある？」

もしあるなら、できるだけそれに近づけたい。佐々原くん自身の格好から、なんとなくこういう系統が好きなのかな、と予想して、今日はそれに合わせてみたつもりだけど。

「うーん……」

私の質問に、佐々原くんは真面目な顔でしばし考え込んでいた。

答えを探すように、ずらりと並ぶショップを見渡す。それから、そのうちの一軒をふと指さすと、

「ああいう感じの」

「え」

佐々原くんが指さしたショップを見た私は、ちょっとショックを受ける。

今日私が着ている服とは、系統がまったく違ったから。

そこにディスプレイされたマネキンが着ていたのは、ハイウエストのスキニーデニムにオーバーサイズの白シャツ。ラフでシンプルな、どちらかというとボーイッシュ

な格好だった。

対して私が着ているのは、紺色のブラウスに小花柄のフレアスカート。気合いを入れて、女の子らしさ全開の格好をしてきてしまった。

……完全に失敗した。正反対もいいところだ。

もっと早く、佐々原くんの好みを確認しておくべきだった。

「じゃ、じゃあ、あの」

ひとり反省しながら、私は意気込んで語を継ぐと、

「髪型は？　どういうのが好き？　長いのと短いのなら」

「短いの」

今度は即答だった。迷う間もなく。

そしてその答えにも、私は軽くショックを受ける。

だって、私の髪は肩下まである。長いか短いかで分けるなら、間違いなく長いほうに分類される。

なんてことだ。私、佐々原くんの好みにまったく合っていない。

自分で質問しておいて私が勝手に落ち込んでいると、佐々原くんも気づいたのか、

「あ、でも、かのちゃんの髪型とか服装、いいと思うよ。似合ってるし」

気遣わしげにそんなフォローをしてくれて、よけいにいたたまれなくなる。

「ありがとう……」と力無い声で返しながら、でも、とふいに頭の隅で思う。じゃあどうして、佐々原くんは。

私と、付き合おうって思ってくれたのかな。

……私のなにが、よかったのかな。

「ね、かのちゃんは」

「あの」

思わず佐々原くんの言葉をさえぎって声を上げてしまったのは、店内を一通り歩き回ったあとで、お昼ご飯を食べるためにフードコートにやって来たとき。

近くには家族連れが多く、小さな子どもたちの高い声がしきりに響いていて、声が少し聞き取りづらい。

「なに？」

「いや、その、えっと……」

聞き返され、口ごもってしまう。なぜ声を上げたのか、自分でもよくわからなかったから。

ただ佐々原くんが口にした『かのちゃん』という響きに、また正体のつかめない違和感が込み上げて。それに押されるまま、声があふれていた。

「よ、呼び方、なんだけどね」

「呼び方？」

「うん、あの……」

注文を済ませた際に受け取った、呼び出し用の機械を意味もなく握りしめながら、もごもごと口ごもる。

できれば、『かのちゃん』じゃなくて『かの子』って呼んでほしいな――なんて。

心の中で何度か繰り返してみた台詞を、実際声に乗せることはやっぱりできそうになくて、

「……どっ、どうしようかなー、と思って」

「どうって？」

「その、私、佐々原くんのこと、なんて呼んだらいいかなー……と」

苦し紛れに続けると、佐々原くんが私の顔を見た。

なんでもいいよ、好きなように呼べば、って。きっとそんな答えが軽い調子で返ってくると思った。

だけど佐々原くんは、なにか考え込むように少し黙ったあとで、

「よかったら」

「うん？」

「下の名前で呼んでほしい」

「……え」

思いがけなくはっきりとした返答に、面食らう。無言で何度かまばたきをする。

こちらを見つめる佐々原くんの表情は、真剣だった。それを目にした途端、鼓動が頭の裏まで高く鳴って、

「――あっ、あの！　じゃあっ」

拍子に、喉のつかえが押し流されていた。思わず佐々原くんのほうへ身を乗り出す。

「私のこともっ」ずっと言えなかった言葉が、その勢いのまま飛び出した。

「よかったら、〝かの子〟って、呼んでほしいな」

口に出してはじめて、自分がそれを心底望んでいたことに気づいた。

べつに『かのちゃん』だろうと『かの子』だろうと、たいした違いはない。ただ『かの子』と呼ばれることが多いから、こちらのほうが呼び慣れているというだけ。

佐々原くんが私を『かのちゃん』と呼ぶことだって、ただ私のラインのアカウント名が『かの』だったから、なんとなくその流れでこの呼び方になっているだけで、深い意味なんてないだろうし。

だから、ちゃんと希望を伝えさえすれば、それでいいのだと思っていた。佐々原くんは頷いてくれるとしか、思っていなかった。わかった、これからはそう呼ぶねって、

軽い調子で。だけど。

「あー……ごめん」

「え」

「それはちょっと、無理かも」

返ってきたのは、慎重な、だけどはっきりとした拒否だった。

一瞬ぽかんとする。思いがけない返答を呑み込むのに、少し時間がかかって。

隣のテーブルから響いてきた楽しげな笑い声が、そんな沈黙に被《かぶ》さった。

「……え、な、なんで」

「なんか、呼び捨てって恥ずかしくて。ごめん」

困ったような笑顔で、佐々原くんは指先で軽く頬を掻く。

心底申し訳なさそうなその声には、けれどはっきりとした芯があった。

呼び捨てが嫌なら、『かの子ちゃん』でもいいよ——そう続けようとした声は、なぜだか喉を通らなかった。その提案もきっと断られることが、奇妙にはっきりと予想がついたから。

べつに私も『かのちゃん』という呼び方が嫌なわけではない。ただなんとなく、本当になんとなく、違和感があるだけ。その違和感の正体すら、よくわからないでいるのに。

そんなよくわからない理由で、これ以上わがままを言う気にはならなかった。

佐々原くんが『かのちゃん』と呼びたいなら、それでいい。それがいい。

そう心の中で言い聞かせるように呟いて、

「……そっか、わかった」

とだけ返して、私はすごすごと椅子に座り直した。

佐々原くんが名前呼びを断ったことで、私が佐々原くんを下の名前で呼ぶという話も、なんとなくうやむやなまま流れてしまった。

「あ、えっと、そうだ」

代わりに落ちてきた沈黙が気まずくて、私はおもむろに立ち上がると、

「私、お水ついでくるね！　佐々原くんもお水でいい？」

「あ、うん。ごめん、ありがと」

「ううん、いいよ、行ってくる！」

逃げるようにテーブルを離れ、セルフサービスの水を汲みに行く。

そうしているうちに、佐々原くんに断られたというショックが、じわじわと時間差で染み入ってきた。

指先が冷たくなって、お腹の底に重たいものが落ちる。

わからないことばかりだった。ずっと、ずっと。

そもそもどうして、私と付き合ってくれているのかも。

嫌な感じにざわつく胸を抱えながら、二人分の水を汲んでテーブルに戻る。

そこで待っていた光景に、さらにまたお腹に沈み込む重たさが増した。

――佐々原くんが、スマホを手にしていた。あの日と同じように。

私は咄嗟に歩み寄る足を遅め、彼の手元を見る。その動きも、あの日と同じだった。

教室でいつも見かけるときの彼とも。

佐々原くんは、また、誰かにメッセージを送っていた。

訊きたいことはたくさんあった。だけどせり上がってきたたくさんの疑問は、ぜんぶ喉元で詰まって、声には出来なかった。

黙ってテーブルにコップを置くと、気づいた佐々原くんが顔を上げて、

「ありがと」

「ううん、あの……」

もごもごと口を開きかけた私に重なり、ピピピ、と短い電子音が鳴る。

見ると、テーブルの上に置かれた機械が赤く点滅していた。鳴っていたのは私の機械だったけれど、私が反応するより先に佐々原くんが立ち上がって、

「行ってくるよ」

「え、でも私の……」

「水はかのちゃんに取りにいってもらったから。今度は俺が行く」

当たり前のように言って、佐々原くんはテーブルの上の機械を拾う。そうして歩きだした彼に、それ以上声を投げることはなかった。できなかった。

代わりに佐々原くんがテーブルの上に置いていった、彼のスマホのほうに視線が縫い止められてしまって。

ついさっきまで、彼がいじっていたスマホ。画面を下にして置かれたそれに、どくん、と心臓が音を立てる。

——今なら。ふいに心の奥のほうで、低く、暗い声がした。

佐々原くんが、画面をオフにしなかったのは見た。直前まで操作していたスマホを、佐々原くんはそのまま、テーブルの上に置いていった。

まさか誰かが自分のスマホを見ようとするなんて、思いもしなかったのだろう。だってそんなこと、私も思わない。思わなかった。ほんの数分前までは、本当に。

手のひらに汗がにじむ。呼吸が速く、浅くなる。

こんなの最悪だってことぐらい、わかる。他人のものをこっそり盗み見るなんて。きっと私を少しも疑っていない佐々原くんを、裏切ることになるのも。

ちゃんと、わかる。わかるのに。

透明のケースに入った、黒いスマホ。いつも佐々原くんが、時間が空くたび眺めている、それ。それから、視線を剥がせない。

心臓が追い立てるように早鐘を打つ。息が詰まる。

今なら、画面は開かれたままだ。だけど三十秒もすれば、きっと自動的にロックがかかる。私のスマホはそういう仕様だ。佐々原くんのスマホとは機種が違うけれど、きっとそこの仕様は同じはず。だったら。

――今しか、ない。

思い至った瞬間、手が動いていた。

ゆるゆると、取り憑かれたようにテーブルの上へと伸びる。

スマホに触れようとした一瞬、指が震えた。けれど止まれなかった。

冷たい指先でそれを拾い、裏返す。動きに反応し、暗くなりかけていた画面がぱっと明るくなる。

映し出されたのは、ラインのトーク画面だった。

画面の上から下までずらりと並んだ、緑色の吹き出し。長さはさまざまだった。一言だけのものから、三行ほどのものまで。ただ異様だったのは――それらがすべて同じ色で、画面に右側に並んでいたこと。

唾を飲み込む。

右側に並ぶのは、こちらから発信したメッセージだ。つまり、このスマホの持ち主である、佐々原くんが発信したもの。

それしか、ない。

相手からの返信は、ない。ひとつも。

それどころか、並ぶメッセージのすべてに、既読はついていなかった。

「え……」

掠れた声が漏れる。そしてそこに記された文字を目にして、

——息が、止まった。

【好きです】

画面のいちばん下。つまり最新のメッセージ。

真っ先に目に飛び込んできた。

送信時間は三分前。すぐにわかった。私が水をつぎにいった、あの時間。私がいなくなったあの短い間に送られた、メッセージだった。

つかの間、目の前が真っ暗になる。

強張ってうまく動かせない指先で、なんとか画面に触れる。メッセージを、順に上へとたどっていく。

【さっきミンキージェット飛んでた】

【寝坊した】

【新発売のやつ、めっちゃまずい】

【ミンキージェット、今も不定期で飛んでるんだって】

ほとんどがとりとめのない、他愛ないものだった。友達へ暇つぶしで送るみたいな。毎日、私へ届くメッセージとよく似ていた。——その中に時折交じる、告白の言葉以外は。

規則性はない。メッセージの合間、思い出したように、唐突に。

【おはよう。好きだよ】とか、【おやすみ。今日も好きでした】とか。まるで挨拶の一貫みたいに。何度も何度も、繰り返し。

——私には一度も、向けられたことのない言葉が。惜しみもなく、並んでいる。

全身をめぐる血液が、急速に温度を下げていくような感覚がした。

夢中で指先を動かし、画面を上へスワイプさせる。

メッセージはどこまでも続いていた。返信はひとつもなく、佐々原くんからのメッセージばかり何日も、何週間も。一日も途切れることなく、毎日、十個以上。

既読は本当に、ひとつもついていなかった。だけど佐々原くん自身、それを承知しているように思えた。

どのメッセージも、相手からの返信を求めるものではなかったから。

質問はひとつもなく、ただ佐々原くんが今日あったことを報告して、ときどき自分の気持ちを伝えて。ひたすら一方通行なメッセージが、淡々と続いている。

眺めているだけで息苦しくなるような、異様なトーク画面だった。

指先から血の気が引く。それでも自分を追い詰めるような気分で、画面に触れる。

かじりつくように文字をたどる。

【かのちゃんが前言ってたお菓子、やっと見つけたけど】

途中、ふいに出てきた名前に、心臓が硬い音を立てた。

スワイプする手を止め、視線を画面の左上へ移す。

――『果乃《かの》』。

そこにあった、送信相手のアカウント名。それだけで充分だった。

急に、なにもかものピントが合っていくのを感じた。

私がはじめて、佐々原くんにラインを送った日。どうして佐々原くんが、あんなに親しげだったのか。どうして私を『かのちゃん』と呼んだのか。どうして私からラインがきて、うれしいと言ったのか。

どうして『かの子』とは呼んでくれないのか。

さっき訊いた好きな服装も、髪型も。

誰のことを思いながら、答えたのか。

「――かのちゃん」

どのぐらい時間が経ったのか、よくわからなかった。

ふいに上から降ってきた声に、我に返る。

「なにしてんの、それ」

顔を上げると、佐々原くんが立っていた。ぞっとするほど冷たい目で、こちらを見下ろしていた。

あ、と細い声が漏れる。

だけどそれ以上、なんの声も喉から出てこなかった。目が合った瞬間、喉をぎゅっと絞められたみたいに、息すらできなくなって。

「……見たんだ」

スマホを握りしめたまま呆然《ぼうぜん》とする私に、その表情と同じだけ冷たい声で、佐々原くんが呟く。

そこに、数分前まで向けられていた柔らかさは、みじんも残っていなかった。ただどこか諦めの色がにじむ、無機質な声だった。

「なんで見たの、俺のスマホ」

「あ、ご……ごめんなさ……」

震える声で謝りかけた私の手から、佐々原くんが乱暴にスマホをもぎ取る。容赦《ようしゃ》なんて、かけらもなかった。ちらっと画面に目を落とし、また眉をひそめる。そうして私がなにか言うのを待たず、「帰ろっか」とだけ告げて踵を返した。

「あ、ま、待って……！」

私もいそいで立ち上がろうとしたら、拍子にテーブルの脚を蹴った。がたんっとテーブルが大きく揺れ、靴の中で指が痛む。

「待って、佐々原くん、ごめんなさい！」

かまわず、もつれそうな足で彼を追いかけながら、声を投げる。情けなく上擦ったのも、気にしていられなかった。周りにいた人たちが、何事かという視線を向けてくる。それでも止まれなかった。

「スマホ、勝手に見たりして。ごめんなさい、最悪なのはわかってたの。ただ、私」

私の声なんて聞こえていないかのように、佐々原くんは足を止めない。こちらを見もしない。だけどかまわず、掠れる声で必死にまくし立てた。

「ただ私、前からずっとわからなくて、なんで佐々原くんが私と付き合ってくれてるのか、ずっと不思議で、気になって仕方なくて、それで……」

佐々原くんがようやく足を止めたのは、お店を出て、交差点に差しかかったときだった。私の声に足を止めてくれたわけではない。ただ、渡ろうとした横断歩道の信号が赤だったから。

　外は目に痛いぐらい日差しがまぶしかった。まだ帰宅には早い時間帯、たくさんの人たちがショッピングモールのほうへ歩いていく。楽しげに、笑い声を立てながら。

「なんでって」

　目の前の道路を、一台のトラックが走り抜けていく。それを見送ってから、佐々原くんはあきらめたようにこちらを振り向いた。その顔は、完璧なまでの無表情だった。

目にした瞬間、ぞっとするほどの嫌な予感にさらされ、目眩がするほどの。

　思わず言葉を切った私に、佐々原くんがおもむろに右手を掲げる。そこに握られているのは、さっき私が盗み見た、彼のスマホ。

「もうわかったでしょ。これ見たんなら」

「……え」

「名前が似てたから、だよ」

　その言葉は、鼓膜に叩きつけられるように響いた。

「俺は最初から、〝かのちゃん〟のことなんて好きじゃなかった」

　どくどく、と耳元で心音が鳴る。手のひらに汗がにじむ。

　ずっと、見て見ぬ振りをしていた違和感。それが容赦なく、目の前に突きつけられる。

「俺が好きなのは、こっちの〝果乃〟だから。ずっと。……これからも」

思わず伏せた瞼の裏に、さっき見たラインのトーク画面が弾ける。

目に焼きついて消えない、そのメッセージ。

送信時間は朝や昼間だけではなかった。夕方にも、夜にも、送られていた。

つまり、私と佐々原くんがやり取りをしていたあいだにも。

佐々原くんは私へラインを送りながら、〝果乃〟さんへも送っていた。けして返ってこない、既読すらつかないメッセージを。ずっと、ずっと。

「……じゃあ、なんで」

苦しくて息を吐こうとしたら、わななく唇から、声がこぼれた。視界がにじむ。

「果乃さんじゃなくて、私と……」

──佐々原くんはどんな気持ちで、なにを考えながら、私にラインを送っていたんだろう。

考えたとき、ふいに胸の奥で、熱く、ほの暗い感情がふくらむのを感じた。

彼の気持ちが私になかったことへの悲しみとも、ずっとひとりで舞い上がっていたことへの虚《むな》しさとも違う。

頭を満たしたのは、ひどく聞き分けのない、苛立ちだった。

「だから言ったじゃん、〝名前が似てたから〟」

佐々原くんはぴくりも表情を動かさず、平坦に繰り返す。それにまた、ぎしりと身体の奥が軋《きし》む。唇を噛む。

「かのちゃんとラインしてると、果乃とラインしてるみたいでうれしかったんだよ。かのちゃんと付き合ってた理由なんてそれだけ。ラインが、したかっただけ」

「……なんで」

思わず握りしめた拳の中で、爪が手のひらに食い込み、痛みを広げる。それでもかまわず力を込めながら、私は佐々原くんの顔を見た。

「それでも、果乃さんにラインを送るの？」

「……は？」

「だって、返ってこないんだよ。既読もつかないんだよ。佐々原くんだってそれをわかってるから、私で代用しようとしたんでしょ。もうぜったい、果乃さんはラインを返してくれないって。わかってるのになんで、送るのをやめないの？」

一度口を開いたら、堰《せき》を切ったように言葉があふれてきた。

さっき見た、異様なトーク画面に。なによりも強く込み上げたのは、そんなもどかしさだった。

一息にまくし立てた私に、佐々原くんは一瞬だけ不意を打たれたような顔をしたあとで、すぐに表情を歪《ゆが》めた。なにか苦いものでも飲み込んだみたいに、苦しげに眉を寄せ、視線を落とす。

「……いいんだよ」

呟くように佐々原くんが告げたとき、信号が青に変わった。

だけど私は立ちすくんだまま、動けずにいた。佐々原くんも動かなかった。立ち尽くす私たちの横を、何人かが早足に通り過ぎていく。

「返信なんてこなくていい。既読もいらない。ただ、俺が送りたいから送ってるだけ。俺はそうしないと、送りつづけていないとだめだから」

「なに、それ。だめってなにが……」

「ごめんね」

言い募りかけた私の言葉を、佐々原くんの静かな声がさえぎる。なにを謝られたのかはわからなかった。だけどその落ち着いた声は、糾弾されて、責め立てられるよりずっと、絶望的なものだった。

「今までありがとう」

話題を終わらせようとするその声に、ふいに強い焦燥《しょうそう》が胸を走る。足が震える。

佐々原くんが終わらせるのはきっと、それだけじゃないから。

佐々原くんが私の顔から視線を外し、道路のほうを見る。待って、と口を開きかけたけれど、彼が言葉を続けるほうが早かった。

「——果乃の、代わりになってくれて」

言いたかった言葉も、追いかけようとした足も、その声にぜんぶ、凍りついてしまった。

縛りつけられたように、その場から動けなくなる。その間に佐々原くんが横断歩道を渡り、道路を進んで、やがて右に折れてその背中が見えなくなるまで。

私はただ立ち尽くして、見つめていた。

それしか、できなかった。

第三章　ひとりきりの恋

……行きたくない。行きたくない。行きたくない。

翌朝、私は泣きたい気分で電車に揺られていた。

頭の中は真っ暗で、さっきから同じ言葉ばかりがぐるぐると回っている。

どうして同じ学校なんだろう。どうして同じクラスなんだろう。どうして隣の席なんだろう。

そんな理不尽を噛みしめながら、容赦のない速さで流れていく窓の外の景色を、恨めしく眺める。ああ、学校が近づいてくる。佐々原くんのいる、学校が。

お腹の底に鉄のかたまりでも沈んでいるみたいだった。ひたすら身体が重たくて、このまま立ち上がりたくない。

だって、地獄にもほどがある。あんな別れ方をした翌日に、佐々原くんの隣で授業を受けなければならないなんて。

ああ、もうこのまま、一生電車が着かなければいいのに。

そんな途方もないことを願ってみて、けれどその数分後、無情にも電車は高校の最寄り駅に到着した。

アナウンスが流れ、同じ車両に乗っていた学生たちがいっせいに立ち上がる。それに流されるまま、私も立ち上がって電車を降りていた。人の波に押されるようにホームを進み、改札を抜ける。

特に目立った実績はないうちの高校だけれど、唯一、交通の便の良さだけは評判だった。恨めしいことに。駅からすでに校舎が見えるし、五分も歩けば校門にたどり着く。

着いて、しまう。

……やっぱり、無理だ。

駅を出ようとしたところで、私は足を止めた。

それ以上進めなかった。足が地面に縫い止められたみたいに、動かなくなってしまって。

途方に暮れて立ち止まる私の横を、同じ高校の制服を着た生徒たちが、足早に通り過ぎていく。ちらっと怪訝そうな視線を向けていく人もいたけれど、足を止める人は誰もいなかった。

少し迷ったあとで、私は人の流れを避けるように壁の側まで移動した。そうしてそこにあったベンチに、力なく座り込む。顔を伏せ、はあ、ともう何度目になるかわからないため息をこぼす。

行かなきゃ、とは思うのに。足が動かない。どうしても。

膝の上に投げ出していた両手に、力をこめる。スカートの裾をぎゅっと握りしめる。目を伏せると、瞼の裏に昨日見た佐々原くんの表情が映った。心底軽蔑《けいべつ》するような、こちらを見下ろす冷たい目。

──だめだ、怖い。

佐々原くんに会うのが、怖い。

またあの目を向けられるかと思うと、足がすくむ。なにより、あんなことをやらかしてしまったというのに、いったいどんな顔をして佐々原くんに会えばいいのか。

目の奥がぼんやりと熱くなる。視界がじわっとにじんでくる。

無理だ、とふたたび思う。思い出すだけで泣けてくるのに。直接佐々原くんの顔なんて見たら、もうぜったいに堪えられない。きっとみっともなく泣きだして、さらに嫌われるに決まっている。

もう帰ろうかな、なんて途方に暮れた気分で考えたときだった。

ふっと私の前に誰かが立った。手元に影が落ちる。視線を少し前へずらすと、見慣れない白いスニーカーが見えた。

それに気づいて、私が顔を上げると同時に、

「──あれ、かの子?」

上から降ってきた声に、息が止まった。

どくん、と心臓が鈍い音を立てる。

……なんで。

呆然と見上げた私の顔を、彼は細めた目でじっと眺めながら、

「あ、やっぱかの子じゃん！　うわ、久しぶりー」

あの頃と同じ、人懐っこい口調で笑う。

それに、頭から冷水をかぶせられたみたいだった。いっきに全身から熱が引き、唇が震える。

「……は、しばくん」

髪型が違っても、制服が違っても、ひと目でわかった。そもそもそんなに久しぶりでもなかったから。中学の同級生だったし、ほんの数ヶ月前までは、毎日同じ教室で過ごしていた。

——そして一年前までは、私の彼氏だった、その人。

「ひさ、しぶり」

ぎゅっと心臓が握りしめられ、私は掠れた声で呟く。息苦しい喉から、なんとか声を押し出すように。

どくどくどく、と耳元でいやに大きな鼓動が響いている。

笑みを作ろうともしたけれど、強張った口元はちっとも動いてくれなくて、

「いやいや、なにその顔。もうちょいリアクションしてよー、卒業以来じゃん」

冗談っぽく傷ついた顔をした彼が、からかうように言う。それにまた、息が止まりそうになる。じわり、手のひらに嫌な汗がにじむ。

その顔も声も口調も。ぜんぶ、あの日と同じだったから。

冗談みたいな顔をして、だけどけして冗談ではない口調で。彼が私に、今も胸の奥に刺さって抜けない言葉を投げつけた、あのとき。


『重いんだよ、お前。もう無理。面倒くさい』

――羽柴《はしば》くんにそう言われたのは、去年のちょうど今ぐらいの時期だった。

四月にはじめて羽柴くんと同じクラスになって、同じ栽培委員になって。いっしょに花を植えたり草取りをしたり、意外と大変だった栽培委員の仕事をふたりでやっていくうちに、仲良くなった。

羽柴くんはとにかく人懐っこくて、最初から当たり前みたいに話しかけてきてくれて。人見知りで、初対面の相手には思い切り緊張してしまう私には、そんな羽柴くんの明るい笑顔がまぶしかった。楽しそうに私と話してくれる羽柴くんのことが、すぐに好きになっていた。

そして私の〝好き〟はどうやらダダ漏れだったらしく。まずは私の友達にバレて、友達伝いで羽柴くんの友達にもバレて、あっけなく羽柴くんの耳まで届いていた。

『依田さん、俺のこと好きってほんと？』

何度目かの栽培委員の仕事中にいきなりそんなことを訊かれ、動転した私は思わず頷いていて。なんだかよくわからないうちに、じゃあ付き合おうか、という流れになった。

私にとってそれは、生まれてはじめてのお付き合いだった。

だからどうすればいいのかわからなくて、とりあえず周りの友達を参考に、ラインのやり取りを始めた。

はじめて羽柴くんにラインを送った日のことは、今でもよく覚えている。

送る前はものすごく緊張して、スマホを握りしめたまま何度も深呼吸をした。ドキドキしながら送信ボタンを押して、意味もなくベッドの上に正座した姿勢で返信を待った。

数分後に羽柴くんから返信が来たときは、思わず声を上げてしまったぐらいうれしかった。何度も何度も読み返して、弾む指先で返事を打った。それにまた羽柴くんからの返信が届くたび、喉の奥から甘いものが込み上げてきて、口元がにやけた。

文字で見る羽柴くんの言葉は、実際に会って話すときとはまた違う感じがして。羽柴くんが私のことを考えながらこの文字を打ってくれたんだって、そう思うとたまらなくうれしくて、ドキドキした。なにより、家にいるあいだもこうして羽柴くんとつながっていられることが、幸せだった。

そうしてその日から、ラインのやり取りが日課になった。なったと、思っていた。

家に帰るなり、私は毎日羽柴くんにラインを送った。

話題は尽きなかった。ふつうに生活しているだけで、羽柴くんに伝えたいことはたくさん見つかったから。

帰り道にかわいいネコがいたとか、おもしろい形の雲があったとか、新発売のアイスがおいしかったとか。

なにか新しいことやおもしろいことがあるたび、羽柴くんと共有したくて、ラインを送った。それに羽柴くんが、すごいね、とか、おもしろいね、とか返してくれるのがまたうれしくて、私にとっては本当に幸せな時間だった。

舞い上がっていた。ひとりきりで。――羽柴くんの気持ちも、見えなくなるぐらい。


『勘弁してよ』

そんな日々が、二週間ほど続いた頃の、ある日。

朝、学校の下駄箱で顔を合わせた羽柴くんに言われた。心底うんざりした調子の、冷たい声で。

昨日の夜送ったラインに、はじめて既読がつかなかったから。心配になって、昨日なにかあったの、と私が訊ねたときだった。

『毎日毎日くだらないこと送ってくんの。ラインはお前の日記帳じゃないっつーの』

頭を殴られたみたいに視界が揺れて、つかの間、目の前が真っ暗になった。

そこで私は、はじめて気づいた。羽柴くんが私のラインを迷惑がっていたことに。

今思えばあきれたことだけれど、あの頃の私は気づけなかったのだ。まったく、なにも。

最初は数分置きに返ってきていた羽柴くんからの返事が、だんだん数時間置きになってきたことも。返信の長さも短くなり、スタンプだけのことが増えてきたことも。

それが示す意味に、なにも気づいていなかった。なにも気づかないまま、ひとり浮かれて、ラインを送りつづけていた。毎日、毎日。

ネコがかわいいとかアイスがおいしいとか、そんな〝くだらない〟ラインを。

羽柴くんは画面の向こうで、どんな顔をしていたんだろう。私から届いたラインを、開くとき。どんな気持ちでだったんだろう。

それを想像したら、たまらなくなった。痛くて、恥ずかしくて、消えたくなった。

時間を戻したい、なんて途方もないことを本気で願った。

『重いんだよ、お前』

なにも言えず硬直する私に、羽柴くんが重ねる。これ以上なく冷たい、投げつけるような声で。

『もう無理。面倒くさい』

こうして、私たちのお付き合いは終わった。

たった二週間。したことといえば、私が一方的に、面倒くさいラインを送りつけただけ。

そんなどうしようもない、私の初恋が。

——思い出したら、にわかにあのときの衝撃と痛みがよみがえってきた。嫌になるほど鮮烈に。

手が震える。とにかく息が苦しくて、は、と薄く開いた唇の隙間から細い息を吐き出したとき、

「その制服、北高だっけ？　かの子、北高行ってたんだな。知らなかった。今まで電車でも全然会わなかったし」

「……う、ん」

——知らなかった。

羽柴くんが軽い口調で続けた言葉に、私のお腹にはずしりと重たいものが落ちてく

る。

そうか、羽柴くんは知らなかったんだ。

そんな事実に、またなにかを突きつけられた気がして、目を伏せる。

――だって、私は知っていた。

羽柴くんが、北高の近くにある工業高校に通っていること。

羽柴くんに教えてもらったわけではない。別れてから、私たちがなにか会話を交わすということは一切なかった。知っていたのは、羽柴くんが友達に話しているのを、こっそり聞いていたからだ。

工業高校を受けようと考えていることも、無事受かったことも。ついでに、秋頃から違うクラスの女の子と付き合いはじめたことも、ぜんぶ。知っていたし、覚えていた。今の今まで。

……ああ、ほら。

こういうところが私は〝重い〟んだ。

別れたあとも羽柴くんのことを気にしたりして。

羽柴くんのほうは、私のことなんて、これっぽっちも気にしていなかったというのに。

あらためて痛感して、胸が軋む。うつむいていると、ふいに目の奥が熱くなってきた。視界がにじむ。こらえる間もなかった。すぐに涙があふれてきて、膝の上にぼたぼたと落ちる。

「は？　ちょ、なに」

ぎょっとしたような羽柴くんの声が、後頭部に降ってくる。

「待って、なに泣いてんの、わけわかんねぇ」

「……ご、めん」

なんでもない、と言いたいのに、口を開いたらさらに嗚咽《おえつ》まで漏れてきた。喉が震える。だめだ、泣くなんてこれこそ重いし、面倒くさいことこの上ないのに。だけど止まらない。次から次にあふれてくる、格好悪い嗚咽といっしょに。

ああ、どうしてこう、私はだめなんだろう。どうしてうまくやれないんだろう。反省して、気をつけていたはずなのに。――佐々原くんとは、うまくいきたかったのに。

途方に暮れて泣きつづけていたら、羽柴くんが困ったようにため息をついて、

「なに、俺のせい？」

「……へ」

「かの子さ、まさかまだ俺のこと好きなの？」

「……え？」

急にとんちんかんなことを言われて、思わず顔を上げていた。

すると、羽柴くんの顔がさっきより近い位置にあった。

思いがけない距離で目が合って、びくりと心臓が跳ねる。こちらへ顔を寄せるように軽く腰を屈《かが》めた羽柴くんは、なにか思い当たったように目を細めて、

「じゃあ、また付き合う？」

「は……」

「いいよ、べつに。ちょうど前の彼女と別れたところだったし。今度は鬼ラインしないって約束できるなら、またかの子と付き合っても――」

話の流れについていけず、私が短くまばたきをしていたときだった。

ごん、と鈍い音がした。同時に、目の前の羽柴くんの顔が歪む。

「いっ、た……」小さく声を上げながら自分の後頭部に手をやった羽柴くんが、後ろを振り返る。つられるように私も羽柴くんの後ろへ目をやって、

「え」

目を見開いた。

佐々原くんが、いた。

ちょうど通りかかったところなのか、身体は横を向いて、顔だけこちらへ向けて。

ただ鞄を持った右手が、不自然に高い位置にあった。ちょうど、羽柴くんの後頭部の高さに。

「……あー、ごめん」

後頭部をさする羽柴くんのほうを見ながら、佐々原くんが口を開く。なんともわざとらしく、白々しい調子で。

「ぶつかっちゃった。わざとじゃなかったけど」

「……いや、わざとだろ。どう考えても」

顔をしかめ、即座に羽柴くんが突っ返す。

私も、そう思った。佐々原くんの手は、どう見ても不自然な位置だったから。それに普段、佐々原くんは鞄を肩にかけている。

「なに、お前」

そんな佐々原くんの様子に、すぐに羽柴くんは敵意を察したらしい。身体ごと佐々原くんのほうに向き直り、鋭く睨みつける。

佐々原くんはなんとも面倒くさそうな顔で、そんな羽柴くんのほうを見ると、

「そんなとこで立ち止まってるからじゃん。邪魔だったんだよ。しかもなんか泣かせてるし」

最後に佐々原くんが付け加えた言葉に、私が驚いて、え、と声が漏らすと同時に、羽柴くんが「はあ？」と苛立った声を上げた。

「べつに泣かせてねえよ。コイツが勝手に泣きだしただけ」

「でも尋常《じんじょう》じゃない泣き方だったけど」

「そういうやつなんだよ、コイツ」

面倒くさそうに、羽柴くんは私を指さすと、

「なんかあるとすぐ泣いて。意味わかんねえもん。言っとくけど、俺はなにもしてないから」

その心底うんざりした声に、ぎしりと身体の奥が軋む。そこには、隠しようのない嫌悪がにじんでいたから。

もちろん、羽柴くんに嫌われていることなんて知っていたけれど。

ただそれを、佐々原くんに知られたのが恥ずかしかった。私は佐々原くんだけでなく、羽柴くんにも、嫌われるような人間なんだって。

ぐっと唇を噛みしめ、思わず顔を伏せたとき、

「つーか、なにあんた、かの子の知り合い？」

「……まあ。同じクラス」

「へえ、気でもあんの？　かの子に」

急に羽柴くんが佐々原くんへ投げかけた問いに、ぎょっとした。

「ちょっ」と上擦った声があふれる。焦って思わず立ち上がってしまったら、勢いで、横に置いていた鞄が地面に落ちた。

その音に、ふたりがこちらを振り返る。だけどなにを言えばいいのかわからなくて、ひとり口をぱくぱくさせていたら、

「……ふーん、そうなのか」

そんな私を見てなにか察したみたいに、羽柴くんが低く呟いた。

一瞬その顔から表情が消えて、次に薄い笑みが浮かぶ。おもしろがるような、ひどく冷たい笑みだった。ふっと嫌な予感がしたとき、羽柴くんはその表情のまま佐々原くんのほうを見て、

「──なあ、やめたほうがいいよ」

「なにが？」

「かの子にいくの。めっちゃ重いから、コイツ。付き合ったらラインとか毎日がんがん送ってくるし、すっげえ面倒くさいし」

羽柴くんが吐き捨てた言葉に、かっと耳が熱くなる。薄く開いた唇が震える。

一年前にも聞いた、私を評する言葉。それを佐々原くんに聞かれたことが、たまらなく恥ずかしくて。ぎゅっと目を瞑り、また顔を伏せたとき、

「……は？　それのなにが悪いの」

さらりと佐々原くんが突っ返した。挑発するというより、純粋に不思議そうな、迷いのない口調で。

それに驚いて顔を上げると、羽柴くんもあっけにとられたように佐々原くんを見ていた。「は？」と困惑した声をこぼす。

「いや、なにって」

「だって送りたいことがあるなら、毎日だろうと送るでしょ。十通だろうが百通だろうが。それのなにが悪いの。送りたいときに送りたいこと送るもんでしょ、ラインって」

淡々と重ねる佐々原くんの顔を、私は驚いて見つめた。

羽柴くんが顔をしかめ、またなにか言い返している。だけど耳には届かなかった。

辺りの喧噪もなにもかも、ひどく遠かった。

ただ佐々原くんの言葉がゆっくりと、じんわりと胸の奥に落ちていって。

やがて熱いかたまりになったそれが、喉元まで込み上げてきた。

吐き出そうとした息が震える。瞼の裏まで熱くなり、視界がにじむ。まばたきをした拍子に、涙が落ちた。あわてて拭おうとしたけれど、それより喉から漏れてきた嗚咽にぎょっとして、口元を覆う。

こぼれるのは、さっきとは違う、涙だった。

胸からせり上がる熱がそのまま涙になって、あふれてくるような。

だけどさっきよりずっと、こらえようがなかった。顔も喉も熱くて、それに押されるまま涙がこぼれていく。もうどうしようもなくて、崩れるようにベンチに座り込む。

そうしてただ嗚咽だけは抑えようと口元を覆い、私は泣きつづけた。

——そう、だった。

止まらない涙に途方に暮れながら、思う。さっきの佐々原くんの言葉が、何度もリフレインする。

それだけだった。

彼に、伝えたいことがあったから。教えたいことがあったから。だから送りたくて、送っていた。私にとってはただ、それだけ。それだけだった。

それって。

……そんなに、悪いこと、だったのかな。

どのくらい経っただろう。ようやく少し嗚咽が落ち着いてきた頃、ふと顔を上げてみたら、いつの間にか羽柴くんはいなくなっていた。それどころか、構内にいた学生たちは皆いなくなっていて、あたりはしんと静まりかえっていた。

はっとして壁に掛けられた時計に目をやる。八時五分。ホームルームが始まるのは八時十五分だから、まだ急げば間に合う。

それを確認してひとまずほっとしていたとき、ようやく気づいた。佐々原くんだけがまださっきと同じ場所に立ったまま、こちらを見ていることに。

「ご、ごめんっ」

目が合って、途端に我に返る。佐々原くんの前でどれだけ泣いていたのだろう、私は。急激に恥ずかしくなり、急いで目元をごしごしと拭りながら、

「泣いちゃって……は、早く行かないと、遅刻しちゃうね」

立ち上がりかけた私を、「いいよ」という佐々原くんの静かな声が制した。

え、と驚いて私が動きを止めたとき、

「気が済むまで、泣いたらいいじゃん」

佐々原くんはそう言うと、当たり前のように私の隣に腰を下ろした。

それに私がまた驚いて、固まってしまっていたら、

「さっきのって」

「え」

「元カレとか？」

「あ……う、うん」

なんとなく抵抗はあったけれど、もう隠せることでもない気がして、正直に頷く。

「ふうん」と呟いて、佐々原くんは外のほうへ視線を飛ばした。羽柴くんの背中を追いかけるように。そこでちょっと眉をひそめて、

「趣味悪くない？」

「へ」

「どこがよかったの、あいつの」

「え……えっと」

心底怪訝そうに訊ねられ、私は苦笑する。

だけど答えは、悩むまでもなく見つかって。

「……笑顔、かな。明るくておもしろくて、いっしょにいると楽しくて」

「あいつが？」

「う、うん」

「でも性格悪そうだったけど」

なにかまずいものでも飲み込んだみたいなしかめっ面で、佐々原くんが突っ返す。

それに私はまた少し苦笑しながら、

「羽柴くんが悪いっていうか……私が、良くなかったから」

「は？」

「さっき羽柴くんもちょっと言ってたけど、私、ほんとに重くて」

「なに、ラインのこと？」

頷くと、佐々原くんは眉を寄せて私を見た。わけがわからない、という顔で。

私は苦笑して、指先で軽く頰を掻きながら、

「佐々原くんはああ言ってくれたけど……でもやっぱり、私も悪かったと思うから」

自分の送りたいという気持ちばかりで、羽柴くんの反応が見えていなかったこと。独りよがりで、羽柴くんを困らせていたことはたしかだから。

そう答えてからふと、以前よりずっと、落ち着いた気持ちでそれを受け止めきれている自分に気づいた。

ちょっと前までは、もっとずっと、痛かった。自分のだめさ加減を、自覚することが。

その変化に不思議な気分になっていたら、佐々原くんはなんとなく不満そうな顔で私を見て、

「重くないよ」

と言った。はっきりとした声だった。

え、と私が聞き返せば、

「ラインもだけど。いっしょにいるあいだ、俺は重いとか思ったことないよ、かのちゃんのこと。電車乗り遅れそうなときに必死な顔でお礼言いにきたり、空港で俺の退屈な話楽しそうに聞いてくれたり、そういうところ。あいつには合わなかったみたいだけど、そんなのはあっちの問題で、俺は」

佐々原くんはまっすぐに私の目を見据えたまま、続ける。同情するでも慰めようとするでもなく、ただ淡々と、事実を告げるように。

「そういうところ、ひとつも、嫌じゃなかったよ」

――ああ、だめだ。

それにまた、おさまりかけた熱がどうしようもなくふくらんで、困った。

震える右手を持ち上げ、口を押さえる。

ありがとう、と言いたかったけれど口を開けば嗚咽が漏れそうで。ただ何度も、首を縦に振った。

佐々原くんは素っ気なく、それだけ言うとすぐに立ち上がり、駅を出て行った。

気づけば、駅には私以外誰もいなくなっていた。

そろそろ行かないと、授業が始まってしまう。思うのに、すぐには立ち上がれなかった。ただ今はひとりになれたことがありがたくて、気が済むまで、周りを気にせずひとしきり泣いた。

佐々原くんの言葉を、何度も何度も噛みしめるように、反芻《はんすう》しながら。

「かの子さーん？　どうしたのー？」

後頭部にたまきちゃんの声が降ってくる。同時に、肩を軽く揺すられた。

机に突っ伏した姿勢のまま、私はちょっとだけ迷う。本当は顔を上げたくなかった。今は休み時間で、佐々原くんがすぐ隣に座っているかもしれないから。

だけどたまきちゃんを無視するわけにもいかなくて、数秒の後、けっきょくのそりと身体を起こす。ちらっと視界の端で確認したけれど、佐々原くんは席にいなかった。

そのことにほっとしながら、机の前に立ったたまきちゃんのほうを見上げたら、

「……え、なに、かの子」

目が合うなり、たまきちゃんからはぎょっとした表情を向けられた。眉を寄せ、心配そうに顔を覗き込まれる。

「なんか今日、調子悪い？　いつもよりかわいくないけど」

「え、あ……ちょっと寝不足かなあ」

力無く笑いながら、目をこする仕草をしてみせる。

いちおう目の下のクマぐらいは化粧でごまかしたつもりだったけれど、全然だめだったみたいだ。昨日はほとんど眠れなかったし、さっきもさんざん泣いたせいで目も腫れているし、ひどい顔をしている自覚はあったけれど。

「なに、寝不足って。なんかしてたの？」

「えっと、おもしろい漫画があって。つい遅くまで読んじゃった」

「へえ、なんて漫画？」

「あ、えっと、なんだったかな……タイトルど忘れしちゃった。あとで確認するね」

しどろもどろな返答にも、「なにそれ」とたまきちゃんがおかしそうに笑っただけで流してくれたことに、とりあえずほっとする。

何気なく窓際のほうへ視線を飛ばしたけれど、佐々原くんの姿は見あたらなかった。佐々原くんと仲の良いクラスメイトは窓際の席に多いから、休み時間の佐々原くんは、いつもその辺りにいることが多い。だからそれはいつの間にか、ほとんど癖のように染みついた行動だった。そこで友達と楽しそうに笑い合う佐々原くんの笑顔を、いつも眺めていた。

「でもだめじゃん、夜更かしは」

今日も知らず知らずそちらを向いていた視線に、たまきちゃんも気づいたらしい。ふいに悪戯《いたずら》っぽい笑顔になったたまきちゃんは、

「お肌の大敵だし。毎日近くで顔合わせるんだから、コンディションは整えとかないと一」

周りを気にしてか、佐々原くんの名前は出さないでくれたけれど、言わんとすることはすぐにわかった。彼女の目線が、佐々原くんの席を示していたから。

そうだね、と私は笑って流そうとした。だけどうまくできなかった。

笑顔を作ろうとした口元が引きつる。息が苦しくなってなんの言葉も出てこなくて、

ただ机の上に視線を落とした。

「……かの子？」

心配そうなたまきちゃんの声に、鼻の奥がつんとする。ちょっと迷ったけれど平気な振りができそうになくて、私はうつむいたまま首を横に振ると、

「……もう、いいんだ」

「へ、なにが？」

「私、振られちゃったから」

え、と戸惑ったようにたまきちゃんがこぼすのに重なり、後ろから聞こえてきた高い声が、耳に響いた。

「──てかさあ、佐々原くんって」

不満げにその名前を口にしたのは、斜め後ろの席に座る片瀬さんで。

「なんでグループラインに返信くれないいんだろ。あんだけいっつもスマホ触ってんのに」

「たしかに」と続いたのは、そこで片瀬さんといっしょにしゃべっていた滝本さんの声。

休み時間に入ってからずっと、ふたりは斜め後ろの席でしゃべっていた。

けれどそれまでは、彼女たちの会話の内容が耳に届くことはなかった。興味なんて

なかったし、意識を向けていなかったから。

「見たんならなんか反応くれてもいいのにね。了解とかさ」

「ね。てかこの前のクラス会の返事もまだ来てないんだけど」

「え、そうなの？」

「困るよねえ、こういうのさあ」

あの日以降、佐々原くんと片瀬さんたちの冷戦状態は続いている。

というより、片瀬さんたちが一方的に佐々原くんを敵視しているだけで、佐々原くんのほうはなにも意識していないようだけど。

表立って衝突することはない。こんな風に片瀬さんたちが、佐々原くんのいない場で、佐々原くんへの文句を言っているぐらい。

今も、教室に佐々原くんがいないから、こんなに堂々と陰口を叩いているのだろう。こんな、無駄に大きな声で。

「催促すれば？　早く返事ちょうだいって」

「やだ。しゃべりたくないもん」

即答した片瀬さんに、滝本さんはおかしそうに声を立てて笑う。

「いいじゃん。性格はあれだけど、とりあえず顔は良いし。ミカ、イケメンと話すの大好きじゃん」

「いくら顔が良くても性格があれじゃ、さすがにないでしょ」

意識しはじめると、彼女たちの声は本当に大きい。目の前でしゃべるたまきちゃんの声以上にくっきりと頭に響いて、思わず眉をひそめたとき、

「じゃあラインすれば？　グループラインじゃなくて、個人に」

「それもっと嫌。怖いじゃん」

「怖い？　なんで」

「だってあの人、地雷男子だし。一回ラインしたらがんがんくるかもしれないじゃん。あたし、鬼ラインとかほんと無理だもん」

笑い交じりの片瀬さんの言葉に、滝本さんがまた声を立てて笑う。鼓膜を爪で引っ掻かれているみたいな、ひどく不快な声だった。

「……くるわけないじゃん」

思わずぼそっと呟いた言葉は、正面にいるたまきちゃんにだけ聞こえたみたいで、

「かの子？」

戸惑ったように、たまきちゃんが私の顔を覗き込んでくる。私がどんな顔をしていたのかはわからない。だけどきっと、ひどい顔だったのだろう。私の顔を見たたまきちゃんが、ますます戸惑ったように眉を寄せたから。

「ね、かの子」

困ったような笑顔になったたまきちゃんは、少し考えるように黙ったあとで、

「トイレ行かない？　てか、行こ。あたし行きたいから、付き合ってよ」

気遣わしげに促してくるたまきちゃんの声は、ほとんど耳に入らなかった。後ろから聞こえてくる耳障りな声に、さえぎられてしまって。

「鬼ラインはこのまえの西高のやつだけでお腹いっぱい。もう勘弁して」

「あー、西高のあれもなかなかだったねえ」

「でもたぶんさ、佐々原くんってあいつよりひどそうじゃない？」

「たしかに。なんかもう五分おきぐらいに送ってきそ」

聞こえたのはそこまでだった。

がたん、と派手な音が鳴って、ふたりの話し声がやむ。

前を見ると、たまきちゃんが驚いたように目を丸くして、こちらを見上げていた。

かの子、とたまきちゃんが口を開きかけたのがわかった。だけど今は聞けなかった。

後ろを振り返る。そこにいた片瀬さんと滝本さんも、驚いたように目を丸くして、私を見ていた。

「五秒だし」

「……は？」

「五分どころか、五秒だから！」

喉から押し出されたのは、自分でも聞いたことのないような自分の声だった。

「──はあ？」

目が合ったのは、ちょうど後ろにいた片瀬さんのほうで。

なにを言われたのかわからなかったみたいにぽかんとする彼女の顔を、私はきっと睨みつけながら、

「五分も待てるわけないでしょ。送りたいこといっぱいあって、相手の返信なんて待っていられずに送りつづけちゃうんだから。私は五秒おきに送ってた。私からしたら、五分おきなんて鬼ラインでもなんでもないし、なんにもすごくないし」

「え……ちょっと待って、なんの話？」

眉を寄せた片瀬さんの顔が、あの日と重なる。それにまた耳の奥がじんと熱くなって、堤防が壊れたみたいに言葉があふれてきた。あの日ぶつけたかった、言葉もいっしょに。

「だいたい五分おきにラインがきてなにが嫌なの？　私はうれしいよ。佐々原くんから五分おきにラインがくるんだよ。最高だよ。最高に幸せ。ラインいっぱい打つのだってけっこう大変なんだよ。頭も使うし指も疲れるし。それでも送ってくれたって、うれしすぎるじゃん。佐々原くんが私のこと考えながら、文字を打ってくれたんだって」

かの子、と後ろでたまきちゃんの困り果てた声がした。軽く腕を引っ張られたのもわかった。それでも止まれなかった。言葉が次から次に押し寄せてきて、呑み込めない。

ただ頭の中が熱くて、うまく呼吸ができなくて、その苦しさに押されるまま、吐き出すようにまくし立てていた。

「私はうれしかった。ずっとうれしかった。佐々原くんからラインが届くのも、私が送ったらすぐに返信してくれるのも。なんにも嫌じゃなかった。それが鬼ラインってやつなんだとしても、私にとってはぜんぶ宝物だったんだから」

「や、だからなんの話……」

「だから、片瀬さんたちに文句言われる筋合いなんてないってことだよ！　佐々原くんが誰にラインしてようが、どんだけの頻度で送ってようが、片瀬さんたちにはなんの関係もないでしょ。だいたい心配しなくても、佐々原くんの地雷は私がとっくに踏ませてもらいました！　だから安心してください！」

言っているうちに、自分がなにに対して怒っているのかも、よくわからなくなってきた。ただ止まれなかった。息継ぎもそこそこにまくし立てたせいで、酸欠を起こしそうになる。

肩を揺らして呼吸を整えようとしていると、「え、なんなの」と片瀬さんが怪訝そ

うに眉をしかめ、

「関係ないって言うなら、そっちこそ関係ないじゃん。あたしらがどんな文句言ってようがどうでもいいでしょ。ああ、それともなに、まさか本当に付き合ってたりすんの？　佐々原くんと」

片瀬さんの最後の問いかけは、バカにしたような響きがした。そんなわけはないと確信しているような。それにカッと頭に血が上る。

「……付き合って、ない」

口を開こうとしたら、一瞬息が詰まった。

それが悔しくて、一度唇を強く噛みしめる。そうしてぐっと拳を握りしめると、短く息を吸い、あとは一息に吐き出した。

「なに、付き合ってなきゃ文句言っちゃだめなの？　付き合ってないよ、付き合ってないけど、でも、でも好きなの！　ただの片思いだろうと、好きな人のこと勝手にあーだこーだ言われてたらむかつくでしょ！」

――そこで、限界だった。

喉が引きつって、語尾が震える。こらえようとしたけれど無理だった。瞼の裏がかっと熱くなって、視界がにじむ。あわてて目を伏せると同時に、床にぱたりと雫が落ちた。

どうしようもなくて、私は逃げるように教室を飛び出していた。

何事かという視線を向けてくる生徒たちのあいだを抜け、廊下を走る。だけどすぐに足が震えてきて、突き当たりの扉を開け、外の渡り廊下まで出たところで、こらえきれずにしゃがみ込んだ。

膝に顔を埋《う》める。一度あふれた涙は、もう歯止めが利かなかった。喉が震え、嗚咽が漏れる。紺色のスカートに、どんどん染みが広がっていく。

なんだろう。今日は朝からぐちゃぐちゃだ。栓が壊れてしまったみたいに、ちっとも感情のコントロールができない。

校舎のほうで、始業を告げるチャイムが鳴るのが聞こえた。

それでも動けなくて、そのまましゃがみ込んで泣いていたら、

「――かの子っ」

少しして、扉の開く音がした。丸めた背中に、たまきちゃんの声がかかる。

顔を上げられずにいたら、たまきちゃんが私の隣に座ったのがわかった。そっと背中に置かれた手が、何度かゆっくりと上下に動く。

「知らなかった」

走ってきてくれたのか、ほんの少し荒い呼吸をしながら、たまきちゃんが呟く。

嗚咽の合間、え、と聞き返せば、

「かの子がそこまで、佐々原くんのこと好きなんて」

咄嗟に否定しようとしたけれど、なんの言葉も出てこなくて困った。

ただ涙が止まらなくて、子どもみたいな格好悪い嗚咽まで抑えることができなくて、途方に暮れた気分で泣きつづけた。さっき勢いで口走ってしまった『好き』が、まだどうしようもなく胸で軋んで。

言ったあとで気づいてしまった。私は佐々原くんに、それを伝えたことがなかった。一度も。伝えることすらできずに、終わってしまった。

……なにをしてるんだろう、私。

今更、片瀬さんにあんなこと言って、どうするんだろう。

──本当は。

本当に私が、伝えないといけなかったのは。

「……たまき、ちゃん」

ひとしきり泣いてようやく少し落ち着いたところで、私は顔を上げる。

たまきちゃんはただ隣に座って、待っていてくれた。

手の甲で強く目元を拭う。たぶんまたかわいくない顔をしている自覚はあったけれど、もう仕方がない。

「うん？」

「たまきちゃんの塾に、佐々原くんと同じ中学の子がいるって、言ってたよね」

「え？　あ、うん」

唐突な問いかけにちょっと戸惑った様子で、たまきちゃんが頷く。

私はまっすぐにたまきちゃんの顔を見た。すっと短く息を吸う。

「会いにいっても、いいかな」


とてつもなく気は進まなかったけれど、ずっと渡り廊下にいるわけにもいかなくて、休み時間になると私たちは教室に戻った。

入り口の前で一度立ち止まり、深呼吸をする。

戻ったら、まずやることは決めていた。何度かゆっくりと呼吸をして、震えそうになる足に力を込める。そうして覚悟を決めてから中に入ると、後方の席のほうへ進んだ。

「……片瀬さん。あの」

自分の席は通り過ぎて、その斜め後ろの席で足を止める。

一瞬、教室内の喧噪が静まり、視線が集まったのがわかった。

顔を上げた片瀬さんの表情は当然ながらけわしくて、怖じ気づきそうになるのを必死にこらえる。どうしてさっきの私は、この人にあんなことが言えたんだろう。今更、

信じられない気持ちでそんなことを思いながら、

「え、えっと……さっきは」

「ねえ」

ごめんなさい、と言いかけた私をさえぎり、片瀬さんが強い調子で口を開いた。

思わずびくりとして口をつぐめば、片瀬さんがおもむろに立ち上がる。そうして、

「ちょっと来て」とけわしい表情のまま告げて、私の返事は待たずに歩きだした。

ああ、やっぱり……。

鬱々《うつうつ》とした気分で、私は言われるまま片瀬さんのあとについて教室を出る。

もちろん、何事もなく許してもらえるなんて思っていなかったけれど。

予想以上に重たい反応に、あらためて緊張がおそってくる。手のひらに汗がにじむ。

校舎裏にでも連れて行かれるのかな、そこで殴られるのかな……。

なんてことを考えながら廊下を進んでいたら、ふいに片瀬さんが足を止めた。

「あのさ」

「はっ、はい！」

振り向いた片瀬さんの顔はやっぱり怖くて、ぎゅっと拳を握りしめる。いつ平手が飛んできてもいいように。

そうして断罪を待つような気持ちで、じっと片瀬さんの目を見つめ返したら、

「あたし、見たことがあるの」

「へ、なにを……」

「佐々原くんのラインの画面」

手を振り上げる素振りはなく、片瀬さんがけわしい表情のまま話しだしたので、一瞬きょとんとした。

はあ、と困惑した相槌を打つ私にかまわず、

「ほんとに鬼ラインしてた。誰かに一方的に、めちゃくちゃライン送ってた」

真剣な口調で、片瀬さんが言葉を続ける。

私はあいかわらずきょとんとして、そんな片瀬さんの顔を見ていた。片瀬さんがなにを言おうとしているのかわからなくて。

私の反応が鈍かったからか、片瀬さんはもどかしげにぎゅっと眉を寄せる。

そうして少しだけ迷うような間を置いたあとで、

「あれたぶん、彼女だと思うけど」

張りのある強い声で、そう告げた。

「だから」

やっぱり話の流れがわからなくて私が困惑していると、片瀬さんのほうはちょっと苛立った様子で顔をしかめて、

「――佐々原くんはやめたほうがいい、って言ってんの！」

「え」

「趣味悪すぎだって、どう考えても。ぜったいろくなことにならないの、目に見えてるじゃん。たしかに顔は良いから、そこに惚れたのかもしれないけどさあ」

「……えっと」

「鬼ラインって実際されたら相当しんどいから。あたしなんて、一時期スマホ見るのも嫌になったし。佐々原くんのラインの相手が彼女だとしてもそうじゃないとしても、地雷には違いないでしょ。たぶん後悔するよ、佐々原くんなんかにいったら」

　私は片瀬さんの顔を見つめたまま、何度かまばたきをした。

　不機嫌そうにしかめられていてもその顔はやっぱり美人で、間近に見る睫毛の長さと目力の強さには、ちょっと圧倒されてしまう。たぶん本当に、片瀬さんはものすごくモテるんだろうなあ、なんてことを今更しみじみと実感しながら、

「あ、あの……ありがとう」

「は!?」

　思わずこぼれた言葉に、片瀬さんがよりいっそう顔をしかめる。かまわず続けた。

「私のこと、心配してくれて……」

「いやべつに心配とかじゃなくて、忠告してるだけ！　あんな地雷に突っ込んでいく

なんてバカだって言ってんの！」

「うん、ありがとう」

自分でも会話が噛み合っていない自覚はあった。だけどそう言いたかった。

当然ながら片瀬さんはますます苛立った様子で眉を寄せたので、「えっと」と私はあわてて言葉を継ぐ。苦笑しながら、指先で軽く頬を掻いて、

「でも大丈夫。知ってたから、私も」

「え？」

「佐々原くんのラインのこと。私もね、佐々原くんのスマホの画面、盗み見ちゃったことがあって……」

「いや、あたしは盗み見たわけじゃないから！　たまたま見えただけ！」

「あ、うん。ごめんね」

鋭く訂正が入って、あわてて謝ると、

「ていうか大丈夫ってなにがよ、なにが大丈夫なの。あのラインの画面見たならわかるでしょ。佐々原くんは間違いなく地雷だって。むやみに突っ込んじゃだめなやつだって。あとで傷つくのはこっちなんだよ、ああいう男にいったら」

片瀬さんは心底理解できないといった様子で、早口にまくし立てる。

遠慮なくはっきりと告げられた片瀬さんの言葉に、逆に頭の中の熱が引いていくの

を感じた。

そして冷静になってもなお、胸の奥に横たわる気持ちはびくともしなくて、なんだかもう悔しいだとか苦しいだとかを通り越して、清々《すがすが》しい気持ちになってしまう。

どうしようもないほど途方もないものを、またあらためて突きつけられた気がして。

「……うん。でも」

わかっていた。片瀬さんの言うことは、きっと正しい。私は佐々原くんのことを、なにも知らなかった。むやみに突っ込んじゃだめだった。たくさん傷ついたし、今だってものすごく痛いけど、でも。

それでも。

「嫌いに、なれないんだ」

だからもう、どうしようもない。

第四章　もう一度

たまきちゃんの通っている塾は、伊豆見駅の近くにあるビルの三階にあるらしい。

授業は九時に終わるとのことだったので、余裕をもって八時半には伊豆見駅に着く電車に乗った。

駅に降りるなり、日曜日、ここで私を待っていてくれた佐々原くんの姿を思い出してしまって、それだけでちょっと鼻の奥がつんとする。

最初のデートのときも、その次も。佐々原くんは私より先に来て、待っていてくれた。私だって、佐々原くんを待たせないように、待ち合わせ時間より早く来るようにしていたのに。佐々原くんは、それよりも早くに。

そんなことを思い出しているとなんだかまた泣きたくなってきて、私は早足で駅を出た。

塾の入っているビルの場所だけ確認してから、あとは時間まで近くを散歩することにする。

最初はショッピングモールへ続く道を歩きだしたけれど、そうしているとまた日曜日に佐々原くんと歩いたことを思い出してしまうので、すぐにやめた。

適当に道を曲がって、ショッピングモールとは反対方向へ歩く。

さすがに九時も近くなると人通りは少なかった。裏道みたいな暗い道は怖かったので、街灯や車通りの多い道を選んで、ぶらぶらと歩いていたときだった。

ゴォ、と金属音混じりの轟音《ごうおん》が上から聞こえてきた。

思わず見上げたそこには、暗い空を飛ぶ飛行機の姿があった。

それほど近くはない。けれど暗闇に浮かび上がるその白い機体に、絵が描かれているのはわずかに見えた。

あっ、と声が漏れる。

「ミンキージェット……」

暗い中でもわかったのは、たぶんそれが見覚えのある絵だったからだ。小学生の頃大好きだった、そして最近は、佐々原くんのライン画面のホーム画面でよく見ていた、その飛行機。

「まだ飛んでるんだ……」

目にしたのはおそらく数年ぶりだった。登場した直後は連日テレビでもよく取り上げられていたけれど、最近は次々に登場する新しいキャラクターたちに押され、ミンキー自体の人気も翳《かげ》っていたから。

まったく話題に上ることもなくなっていたし、ミンキージェットはもうとっくに消えてしまったものだと思っていた。

懐かしいその姿に、思わず足を止めて空を眺める。そうしてちょっと感動に浸っていたら、ふいに思い出したことがあった。

【ミンキージェット、今も不定期で飛んでるんだって】

あの日盗み見た、佐々原くんのラインのトーク画面。佐々原くんが〝果乃〟さんに、そう告げていたこと。

……ああ、そっか。急に思い至ってしまい、目を伏せる。

ミンキージェットが好きだったのは、佐々原くんじゃなくて、〝果乃〟さんだったんだ。

好きな人の好きなものだったから、佐々原くんも好きになったのかな。もしかしたら佐々原くんが飛行機を好きになったのも、きっかけはそれだったりして。

思わぬところでまた佐々原くんの〝果乃〟さんへの想《おも》いを見せつけられた気がして、深く息を吐く。

久しぶりのミンキージェットに一瞬沸き立った気持ちもすぐにしぼんで、静かな夜の街にやたらと大きく響く通過音だけが、いつまでも耳に残っていた。

九時五分前になると、私は塾の入っているビルの前へ行き、そこで授業が終わるのを待った。

しばらくして、ビルの階段から高校生らしき人たちがぽつぽつと下りてくる。見慣れない制服を着ている人たちが多かった。たぶん伊豆見市にある高校の制服なのだろう。

　そんな中、見慣れたカーキ色のブレザーを着たひとりの女の子が下りてきた。

　それだけでなんだかほっとして、私は座っていたベンチから勢いよく立ち上がり、ぶんぶんと手を振る。

　たまきちゃんもすぐに気づいて、手を振り返してくれた。それから隣にいた女の子になにか言って、私のほうを指さしているのが見えた。

「かの子、おまたせ。ごめんね、遅くなって」

「ううん、私が勝手に待ってただけだから……」

　首を横に振りながら、たまきちゃんといっしょに私の前に立った女の子のほうへ目をやる。

　見慣れない藍色のセーラー服を着たこの人が、たまきちゃんの言っていた〝美月《みづき》ちゃん〟なのだろう。佐々原くんと同じ中学に通っていたという、私が会いたいとお願いしていた、その人。

「え、えっと……美月ちゃん、はじめまして。私、依田かの子といいます」

　自分からお願いしていたくせに、初対面の相手に思い切り人見知りを発動して、まごまごと声をかける私に、

「うん、たまちゃんから聞いてるよー。私に訊きたいことあるんだよね？　とりあえ

ずどこかゆっくり話せるところに行く？」

美月ちゃんは感じの良い笑顔で、当たり前のようにそんなことを言ってくれたので、

「い、いやそんなっ」私は驚いて、ぶんぶんと顔の前で手を振った。

「そこまで時間はとらせないから！　もう時間も遅いし、全然、立ち話で充分！」

「えー、そんな寂しいこと言わなくても。ていうか、私くたくたで甘いもの食べたいから、どこか行きたいんだ。だめ？　時間ない？」

「え、あ……いや私は全然、大丈夫……」

「やった、じゃあ決まり！」と美月ちゃんは無邪気に声を上げてから、たまきちゃんのほうを向き直ると、

「たまちゃんもいっしょ行く？」

「んー、あたしはいい。ふたりきりのほうがいいだろうから」

「え、なあに、そんな重たい話なのー？」

たまきちゃんの返答に不安げな声を上げながらも、美月ちゃんは楽しそうにからからと笑っていた。

それから明るい笑顔のまま私のほうを見て、

「じゃあ、かの子ちゃん行こっか！」

と駅前のコーヒーショップのほうを指さした。

「あの、今日は時間とってくれてありがとう。塾終わりで疲れてるのに、ごめんね」

窓際の席についたところで、私はようやく改まって美月ちゃんにお礼を言う。

向かい側に座る美月ちゃんは、さっそくクリームの載ったシフォンケーキにフォークを沈めながら、「や、全然いいよー」とあっけらかんと笑う。

店内に人は少なく、ノートパソコンを広げて作業をしている男性や、仕事帰りらしいスーツ姿の女性が数人だけいる、

「日課なんだ、塾終わりにここ寄るの。だからむしろ、付き合ってくれてありがとう」

「あ、そうなんだ……よかった」

「それで、訊きたいことってなあに？」

いきなり軽い調子でずばっと訊ねられ、心臓が短く音を立てた。

思わず膝の上に置いていた両手に力を込める。それからゆっくりと息を吸って、美月ちゃんの顔を見た。

「あの」

「うん」

「佐々原宗佑くんって、知ってる？」

ああ、と美月ちゃんは特に考える間もなく頷いて、

「知ってるよー、同じクラスになったことあるし。なになに、佐々原くんがどうかしたの？」

「あ……え、えっと」

ケーキを口に運びながらあっけらかんと聞き返され、一瞬返事に迷った。

だけどこんな場所までわざわざ会いにきて、初対面の相手にこんなことを訊いている時点で、もうごまかす余地なんてない気がして、すぐにあきらめた。

なにより、ここまできてごまかしたくないとも思った。

「あの」まっすぐに美月ちゃんの目を見て、もう一度、すっと短く息を吸う。

「私、佐々原くんのことが、す……好き、で」

「えっ」

「片思いなんだけど、ていうか、すでに一回振られてるんだけど。でも、それでも諦めきれなくて。全然わかんないけどなんかライバルがいる気がするから、ライバルの情報を知りたくて、中学時代の佐々原くんを知っているであろう美月ちゃんに会いにきました。こんな個人的なことでごめんなさい！」

一息にそこまで言い切って、膝の上でぎゅっと両手を握りしめる。

美月ちゃんは圧倒されたように手を止めて、しばし無言で私の顔を見つめていた。

何度かまばたきをしたあとで、「……おおー」とちょっと感動したような声をこぼす。

「すごいね。それ訊くために今日はわざわざ？」

「う、うん……ごめんね、引くよね」

「いや、いいと思う！　そっかそっか、佐々原くんかあ」

美月ちゃんはフォークを顔の横でぶらぶらと揺らしながら、目を細めると。

「ね、佐々原くんのどういうところがよかったの？　やっぱり顔？　かっこいいもんねえ、佐々原くん」

「え？　……え、えーと」

キラキラした目でそんなことを訊かれ、耳が熱くなるのを感じた。顔を伏せ、テーブルの上のコーヒーカップに視線を落とす。

そうして少し考えてから、

「か、顔も、もちろんかっこいいと思うんだけどね、いちばんは」

「うん」

「や、優しくしてもらったことがあって、それで……」

ものすごく抽象的でつまらない答えをしてしまったけれど、予想外に美月ちゃんの反応は大きかった。「えっ」と声を上げ、驚いた顔で私を見る。

「佐々原くんって、優しくしてくれることあるの!?」

「え？　う、うん？」

思いがけない食いつかれ方に、ちょっと戸惑いながら頷くと、

「うそ、そうなんだあ。いや、中学の頃は素っ気ない感じだったからさ、佐々原くん。人気はあったんだけど、女子とはあんまりしゃべらなかったし、そもそも興味ないって感じで」

美月ちゃんの語る中学時代の佐々原くんは、今となんら変わりなかった。高校に上がってから、今みたいな塩対応が始まったわけではないらしい。

でも、だったら。

「……え、でも」

私はちょっと首を傾げる。

「仲の良い女の子がいたんじゃないの？」

盗み見た〝果乃〟さんとのトーク画面を思い出しながら、訊ねる。

気安い呼び方といい他愛もない話の内容といい、そこからは親しさが充分に伝わってきた。ちょっと仲の良いクラスメイトなんてものじゃなく、親友とか恋人とか、そんなレベルの。

「いや？　いなかったと思うけど」

私の質問に、美月ちゃんも不思議そうに首を傾げると、

「心当たりないもん。だからさっきかの子ちゃんが言ってた〝ライバル〟っていうのも、正直わかんないんだよね。佐々原くんってほんと、女子とは関わりなかったから」

「そうなんだ……」

じゃあ〝果乃〟さんは同じ中学の子ではなかったのだろうか。てっきり、中学の頃仲が良くて、高校に上がってから疎遠になってしまった子なのだろうと思っていたけれど。

他校の子なら、どうやってたどればいいのだろう。もうアテなんてない気がする。佐々原くんと同じ小学校だった人を探す？……そんなこと、できるのかな。

急に自信がなくなってきて私が思わず肩を落としていると、

「なんていうか、佐々原くんってけっこうなシスコンだったから」

落胆が伝わってしまったのか、苦笑しながら美月ちゃんが付け加えた。

「シスコン？」

「うん。同い年の妹がいたんだけどね、その子とけっこう仲良くて」

「えっ、そうなの？」

妹がいるなんて話、一度も聞いたことはなかった。そもそも佐々原くんは、自分のことなんてほとんど話してくれなかったのだけど。

「同い年って、双子ってこと？」

「いや、血はつながってなかったよ。小学校の頃に、ご両親の再婚で兄妹になったんだって。だから全然似てなかったし」

思わぬ新情報に驚きながら、さっきから、私は美月ちゃんの話しぶりに奇妙な違和感も覚えていた。この話題になってから、途端に美月ちゃんの表情が少し硬くなってしまった気がするのも。

「佐々原くんが女子に素っ気なかったのって、そのせいかなって気もしてた。溺愛してる妹さんがいたから、それで」

「……〝いた〟？」

引っかかった部分を拾って、聞き返す。そうしてようやく気づいた。

さっきから、美月ちゃんの言葉がすべて過去形だということに。

美月ちゃんの表情がふっと暗くなる。それを目にした瞬間、コーヒーカップに添えていた指先から、熱が引くのを感じた。

「……うん。今はもう、いなくて」

「いない、って」

「死んじゃったんだ。半年ぐらい前に」

ひゅっ、と心臓をつかまれたような感覚がした。

「……死んだ？」

「うん」

掠れた声で聞き返すと、美月ちゃんは重々しく頷いて、

「事故でね、突然。去年の十二月だったよ」

「その妹さんのことも、知ってるの？」

「うん、知ってる。クラスは違ったけど、同じ塾に通ってたから。いい子だったよ。優しくて、かわいくて」

辺りの喧噪が、途端に遠くなった気がした。

手元のコーヒーカップに視線を落とす。中のカプチーノからは、もうほとんど泡が消えている。

「……その」

「うん？」

「その、妹さんの、名前って」

そうじゃなければいい、と咄嗟に願った。だけど心のどこかでは、私はすでに確信している気もした。

「果乃ちゃん」

美月ちゃんから返ってきたその名前に、私は目を瞑る。

瞼の裏に、あの日盗み見たラインのトーク画面が弾けた。

送信時間は間違いなく最近のものだった。半年以上も前のやり取りを見返していたわけではなかった。佐々原くんは今も送りつづけていた。半年前に亡くなった〝果乃〟さんへ向けて。他愛もない世間話と、好きだという告白を。

既読も返信もいらない。

あの日の佐々原くんの言葉の意味を、ようやく理解する。

「……妹さんと佐々原くんは、仲良かった、って」

「うん。そんなべったり四六時中いっしょにいるってわけじゃなかったけど。ふつうに仲よしだったよ」

「それは、兄妹として？」

「え？　うん」

質問の意図がわからなかったようで、美月ちゃんはきょとんとした様子で頷く。

「全然ぎこちない感じとかなくて、ほんとの兄妹みたいだったよ。まあ、小学校の低学年の頃からいっしょだったらしいし」

果乃が好きだから、と。

あの日告げられた佐々原くんの言葉を思い出す。

あの〝好き〟は間違いなく、家族への親愛なんかじゃなかったはずだ。もっと切実で、重たいものだった。

半年経った今も、どうすることもできずにいるぐらいに。

「果乃さん、は」

「うん？」

「付き合っている男の子とか、いたの？」

「いや、それはいなかったと思う。かわいかったし人気はあったけど、なかなか突撃する勇気のある男子はいなかったみたいで。まあ、わかるけど」

「なんで？」

「だって、小姑がついてるようなものだったもん。佐々原くん、果乃ちゃんのことになるとたまに怖かったし」

思い出したように、美月ちゃんが苦笑する。

……どんな風に、怖かったんだろう。佐々原くんは果乃さんに、どんな風に接していたんだろう。果乃さんの周りにいる男子には、どんな風に。

訊きたいことはまだたくさんあった。私の知らない、中学時代の佐々原くんについて。果乃さんと、佐々原くんについて。

だけどきっといくら訊いても、本当に私の知りたいことを知ることはできないということも、よくわかっていた。それを知っているのは美月ちゃんではないから。

きっと、佐々原くんと、果乃さんしか。

「なんか、ごめんね」

会話が途切れたところで、ふと困ったような笑顔になって美月ちゃんが言った。

「これぐらいしか情報提供できなくて。佐々原くんってほんと、女子とは関わろうとしない人だったからさ」

「あ、ううん！　そんな全然っ」

申し訳なさそうな美月ちゃんに、私はあわてて首を横に振ると、

「充分だよ！　いろいろ教えてくれてありがとう」

「とりあえず私から言えるのは、その妹さんについての話題だけは、ちょっと気を遣ったほうがいいかもってことぐらいかなあ。まだ半年前のことだし、もしかしたら佐々原くんもまだ引きずってるかもしれないから」

「……うん。そうだね」

力無く相槌を打ってから、ごめん、と心の中でだけ呟く。

せっかく忠告してくれたのに、もう遅かった。あの日私が佐々原くんにぶつけた言葉を思い出して、唇を噛む。

『もうぜったい、果乃さんはラインを返してくれないって。わかってるのになんで、送るのをやめないの？』

既読もつかない相手にラインを送りつづけるなんて、そんな不毛なこと、やめてほ

しくて。あの日の私みたいに、きっと佐々原くんが傷つく結果になると思って。

だけどそんな気持ちは半分ぐらいで、もう半分ぐらいはきっと、私の単純な嫉妬だった。

そんな相手より、私のほうがずっと、佐々原くんのことを想っていると思った。私はぜったいに未読無視なんてしないし、どんな他愛ないメッセージだってぜんぶ大事に返信するから。

そんなこともしてくれない相手より、私のほうを見てほしかった。

私を、好きになってほしかった。

――あの日、佐々原くんはどんな気持ちで私の言葉を聞いていたのだろう。

考えたけれどわからなくて、わからないことが悔しかった。

そこには私の知らない佐々原くんと果乃さんの世界があって、私はなにも、触れられなかった。

市立図書館の奥にある勉強スペースで、調達してきた新聞を机に広げる。

集めたのは、去年の十二月に発行された地域新聞。

一日のものから順に、目を通していく。中程のページに小さく載っている、地元の事件・事故欄を中心に。

見つけたのは、十六日の新聞だった。

『十五日午後九時二十分頃、伊豆見駅前の雑居ビル（地上四階建て）の屋上から、同市の中学生、佐々原果乃さん（十五）が転落。市内の病院に搬送されたが、約一時間後、死亡が確認された。警察は、誤って転落したとみて詳しい状況を調べている』

新聞をつかむ指先から、すうっと熱が逃げていくのを感じた。喉に冷たい唾が落ちる。

――佐々原果乃。

はじめて目にした、〝果乃〟さんの名前。

その名字と、事故のあった地名、そして日付から考えて、きっと間違いはない。この子が佐々原くんの妹で、今も佐々原くんがメッセージを送りつづけている、〝果乃〟さんなんだ。きっと。

果乃さんについて書かれた記事は、それだけだった。警察が調べたという〝詳しい状況〟についても知りたかったけれど、後日の新聞を探しても、続報を見つけることはできなかった。

だから私が果乃さんについて知ることができたのは、それがぜんぶだった。

十二月十五日の夜、果乃さんは死んだ。伊豆見市内にあるビルの屋上から、転落して。

「……転落」

思いがけない鋭さで目についたその単語を、口に出してみる。

昨日、美月ちゃんから〝事故〟という言葉を聞いたとき。勝手に私の頭に浮かんだのは、交通事故だった。だから記事を読むまで、そう思い込んでいた。

……転落事故、なんて。思いもしなかった。

交通事故よりずっと馴染みのないその響きに、なぜだか胸がざわつく。

……なにが、あったんだろう。

ビルの屋上って、どのビルなんだろう。

果乃さんはなんで、夜の九時にビルの屋上になんて行ったんだろう。

そこでなにをしていたんだろう。

なんで、落ちたんだろう。

疑問は次から次に湧いてきて、だけどすがるように新聞記事を繰り返し目でたどってみても、答えはなにひとつ見つからない。

既読も返信もいらないと、あの日の佐々原くんは言っていた。だけど送りつづけなければいけないのだと。

思えば奇妙な言葉だった。送りたい、じゃなくて、送りつづけなければいけない、なんて。まるで、なにかの責任を感じているみたいな――。

そこまで考えたとき、ふっと嫌な想像がよぎった。

記事の中の『転落』という単語が、あいかわらず目について。

やめよう、とすぐに思い直す。私がひとりで勝手に想像しても仕方がない。どうせなにもわからないから。だって私はふたりのことを、なにも知らない。悔しくなるぐらいに、蚊帳の外だ。

ため息をついて、とりあえず記事の内容を簡単にスマホにメモしておく。それから机の上に広げた新聞を片づけはじめたときだった。

ふっと誰かが机の前に立った。手元に影が落ちる。

「……え」

顔を上げると同時に、声が漏れる。そこに立っていた思いがけない人物は、じっと無表情に、こちらを見下ろしていた。

「佐々原くん」

しばしぽかんとその顔を見つめ返したあとで、はっとする。

佐々原くんが視線を落としていたのは、私の顔ではなく机の上で。

気づいて咄嗟に隠そうとしたけれど、遅かった。運悪く、ちょうどいちばん上に置かれていたのが、十二月十六日の新聞だった。

しっかり、果乃さんの事故についての記事が載ったページを開いて。

「なにしてんの、それ」

それを眺めながら、佐々原くんが口を開く。これ以上ない疑念と不快感の混じる、低い声だった。

「え、あ……えっと」

その冷たさに一瞬息が止まって、だけど同時に、不思議な感覚も込み上げた。

眉をひそめて私を見る佐々原くんの目が、今までにないほど近くに見えて。

二回行ったデート中の、どの瞬間よりも。まっすぐに、佐々原くんと視線を交えているような気がした。

「ちょっと、し……調べものを」

「なにを」

「か、果乃さんの、ことを……」

私の返答に、佐々原くんがますます眉を寄せる。取り繕うこともなく、心底不愉快そうに。

苛立ちを隠しもしないその表情に、傷ついていない自分が不思議だった。

普段の私なら、誰かにこんな顔を向けられたら、きっと泣いていた。

べつに佐々原くんじゃなくて、特に親しくないクラスメイトだったとしても。こんな剥き出しの不快感をぶつけられたら、それだけで息ができなくなって、足が震えて、こらえきれず、情けなく泣いていたはずだ。

なのに。

「なに、それ。なんのために？」

佐々原くんが顔をしかめて問う。

その表情も声も本当に底冷えするほど冷たいのに、込み上げたのは奇妙なうれしさで、そんな自分に困惑した。

——たぶん、それが、はじめて〝私〟に向けられたものだったから。

付き合っているあいだ、私に向けられていた優しい笑顔だとか言葉だとか。

それらはぜんぶ、私のためのものなんかじゃなかった。本当は私を通した先にいる、果乃さんへ向けられたものだった。それを知ってしまったから。

だから、今。まっすぐに私へ向けられた佐々原くんの感情が、うれしかったんだ。

「ら、ライバルのことを、知ろうと思って」

「は？　ライバル？」

「だって佐々原くん、言ってたから。まだ果乃さんのことが好きだって」

責めるような佐々原くんの口調にも、息が止まることはなかった。自分でも驚くほど、するすると声が喉を通っていた。

だって、もう嫌われているのは知っていた。

あの日、佐々原くんのスマホを盗み見て、その現場を押さえられて。さらにはなにも知らず、佐々原くんを傷つける言葉をぶつけた。思い切り。そんな、すでに挽回のしようもないほど、どうしようもないことをやらかしてしまっているのだから。

「……言ったけど。それが」

「佐々原くんの好きな子なら、私のライバルだもん。だから戦うために、情報を集めようと」

「なに、戦うって。もう俺ら別れたじゃん」

当たり前みたいに、さらっと佐々原くんが切り捨てたときだった。

瞬間、カッと頭に血が上った。つかの間、頭の中が真っ白になると同時に息が苦しくなって、

「——別れたよ！」

息を吐こうと口を開いたら、そんな声もいっしょに吐き出していた。

静かな図書館に響いたその声に、佐々原くんが驚いたように私を見る。

自分でも、あふれた声の大きさにちょっと驚いていた。けれど言葉は止まらなかっ

た。

「なに、別れたから関係ないってこと？　私と佐々原くんはもうなんにもない赤の他人なんだから、果乃さんのことを知る権利もないって、そういうこと？」

「いや、権利っていうか」

「だいたい勝手だよ、佐々原くんは！」

口に出したらいっきに悔しさが押し寄せてきて、もうだめだった。

目の奥が熱くなる。なにか口を挟みかけた佐々原くんもさえぎり、まくし立てる。

「私に付き合ってって言ったのは佐々原くんじゃん。なのに、やっぱりだめだったから別れてとか、別れたらもう一切関わらないでとか、そんなの私の気持ちはどうしたらいいのか全然わかんないよ。私はもう好きになっちゃったんだもん。佐々原くんのいろんなところ知っちゃって、忘れられない思い出もできちゃって、もう前よりずっとずっと大好きになっちゃってるのに。今更嫌いになんてなれなくて、だから苦しいのに、なのにっ」

そこで言葉に詰まって、唇を噛む。喉が震える。同時に瞼の奥まで熱くなってきて、あわててうつむいた。

こらえようと膝の上でぐっと拳を握りしめる。そうして机の上に広げた新聞を睨んでいたとき、

「……とりあえず、さ」

後頭部に、なんだか困ったような諦めたような佐々原くんの声が降ってきた。

顔を上げると、困り果てた顔の佐々原くんの後ろで、離れた席に座る中学生ぐらいの女の子が、じっとこちらを見ているのが見えた。何事だろうと言いたげな怪訝な顔で。

「外、出よ」

それに私もようやくちょっと冷静になって、小さく頷く。

今更恥ずかしさに顔が熱くなるのを感じながら、いそいで机の上の新聞をまとめると、立ち上がった。


図書館を出た私たちは、近くにある児童公園に移動した。

小さな公園には私たちの他に、小学校低学年ぐらいのふたりの男の子がいた。

鬼ごっこでもしているのか、すべり台の周りを楽しそうに声を上げながら走り回っている。離れた場所にいても、その明るい声はしきりにこちらまで響いてきた。

「そういえば」

ベンチがなかったので、私たちは隅のほうにあるブランコに並んで座った。

夕陽《ゆうひ》は落ちかけて、空の端から少しずつ藍色がにじんできている。

「佐々原くんは、なんで図書館にいたの？」

そんな夕暮れの公園を眺めながら、私はふとよぎった疑問を口にする。

私があの市立図書館を訪れたのは、今日がはじめてだった。普段本を読みたいときは、高校の図書室で事足りる。今日も最初は図書室へ行ってみたけれど、過去の新聞なんて置いていなかったから、そのために足を運んだのだ。

だからまさか佐々原くんと鉢合わせるなんて、思いもしなかった。

「時間、つぶそうと思って」

私の質問に、少しだけ迷うような間を置いてから、佐々原くんが答える。

どこか力無いその声に、私は佐々原くんのほうを見た。

「べつに学校にいてもよかったんだけど。知り合いに話しかけられたりするの面倒だったから。あの図書館、いつも人少ないし」

淡々と続ける無表情な横顔を見つめながら、私は何度かまばたきして、

「……家に、帰りたくなかったの？」

「そう」

「なんで？」

「思い出すから」

ぽつりと返された声がひどく平坦で、胸が軋んだ。

膝の上に置いていた両手で、思わずぎゅっとスカートを握りしめる。

「……果乃さんのことを？」

「違う。果乃が」

そっと訊ねた問いに、佐々原くんはまたほんの少しだけ迷うような間を置いて、

「死んだことを」

放り出すようなその声に、なんと返せばいいのか咄嗟にわからなかった。

ただ息が詰まって、目を伏せる。

重たい沈黙に、絶えず響いてくる明るい笑い声が被さった。

……もしかして、地元ではない高校に進学したのも、そのためなのだろうか。

果乃さんのことを誰も知らない、果乃さんの話題なんて誰も口にしない、そんな場所で。今までと同じように、果乃さんへラインを送りつづけていれば。

その時間だけは、きっとなにも変わらない。果乃さんが生きていた頃と。

そうして、目を逸らしていたかったのだろうか。受け入れきれない、現実から。

『かのちゃんとラインしてると』

あの日聞いた佐々原くんの言葉が、ふと耳の奥で響く。

『果乃とラインしてるみたいでうれしかったんだよ』

「……あの、私」

私はうつむいたまま、ゆっくりと息を吐いた。スカートの裾を握りしめる手に力を込める。

「さっきも、勢いで、ちょっと言っちゃったんだけど、ね」

「うん」

「私は、佐々原くんが、好きです」

佐々原くんがこちらを見たのがわかって、私も顔を上げた。

目が合った瞬間、握りしめた拳が震えた。それでも視線を外さないよう、必死にこらえた。短く息を吸う。

「だから私は、佐々原くんと別れたくない。ライン、するだけでもいいから。佐々原くんに忘れられない人がいるんだとしても、私とラインして、少しでも佐々原くんの気が紛れるなら。それだけで、いいから。これからもラインしようよ。私、どんなラインでも、ぜんぶ返すから」

佐々原くんは黙ったまま、私の顔を見つめていた。

どのくらい経っただろう。やがて、佐々原くんがふっと私の顔から視線を外す。そうして暗くなりかけた公園のほうを眺めながら、「ごめん」と小さく呟いた。

「それは、だめだって思った。やっぱり」

「なんで？　私は代わりでもいいよ。佐々原くんとラインしてるだけでうれしいもん。

佐々原くんは私とラインしてても楽しくないのかもしれないけど、でも、既読もつかないラインを送りつづけるよりは、反応が返ってきたほうがちょっとは張りがあるんじゃないかなっていうか、べつにそれぐらいのことでいいから、だから」

「楽しかったよ」

早口にまくし立てる私の言葉を、佐々原くんがそう言って静かにさえぎる。

え、と私が驚いて言葉を切ると、

「かのちゃんとラインしてると。俺も楽しかったし、うれしかった」

「じゃ、じゃあ」勢い込んで言い募ろうとした私をまたさえぎり、「だけど」と佐々原くんははっきりとした声を続ける。

「それじゃだめだと思った。かのちゃんは果乃じゃないから。俺はちゃんと、果乃に送りつづけないといけないから。これからも。楽しくなくても、虚しくても。楽になっちゃ、いけないから」

自分へ言い聞かせるようなその口調に、眉を寄せる。

送りつづけないといけない。あの日もそう言った佐々原くんの言葉を思い出す。

まるで自分を追い込むようなその言い方が、引っかかった。

——好きな人が、大事な家族が、死んだから。

だからこれからも、ずっとその場に立ち止まったまま、その人のことだけを想いつづけなければならないなんて。そんなことは、ないはずなのに。

ずっと忘れず、思い出を大事に抱えて、いっしょに前へ進んでいけば。きっと、それでいいはずなのに。

「……なんで」

どうして、それがだめなんだろう。

わからなくて、もどかしくて唇を噛む。

そうしてまっすぐに佐々原くんの目を見つめながら、

「なんで、だめなの？　だってべつに果乃さんが死んだのは、佐々原くんのせいじゃ」

「俺のせいなんだよ」

「え」

言い募ろうとした私を、佐々原くんが静かにさえぎる。なんだかあきらめたような、途方に暮れたような声だった。

「俺が」

ふっと視線を落とした佐々原くんは、そこに置かれた自分の手のひらを眺める。

そうして一度、すっと短く息を吸ってから、

「殺したのかもしれないから」

ずっと溜め込んでいたものを吐き出すように、そう言った。

「……え」

言葉の意味を理解するのに、少し時間がかかった。

呆けたように佐々原くんの横顔を見つめたまま、何度かまばたきをする。

拍子に、さっき読んだ新聞記事が、瞼の裏に浮かんだ。

ビルの屋上から、誤って転落。何度も繰り返し目でたどった、その記述。

記事に書かれていたのはそれだけだった。だけど詳しい状況については、警察が調べたとも書いてあった。きっとその上で、警察は事故だと断定したはずだ。

「でも、事故だったたって……」

「そうなのかな」

「え」

「本当に事故だったのかな、果乃」

平坦な声で呟く佐々原くんの横顔を、私はひたすら困惑して見つめていた。佐々原くんがなにを言おうとしているのか、わからなくて。

「……事故じゃ、なかったと思ってるの？」

「だって、ふつうあんな時間にビルの屋上なんて行かないじゃん」

「……それは、まあ」

そこは私も、不思議に思ったところだった。夜の九時なんて、中学生の女の子がひとりで出歩くには遅すぎる。しかも雑居ビルの屋上なんて。少なくとも私は、これまで生きてきて一度も立ち入ったことはない。果乃さんがいたのがどこのビルなのかはわからないけれど。

「家に、帰りたくなかった、とか……？」

考えているうちにふとよぎったのは、さっき聞いた佐々原くんの言葉で。

もしかして、その日の朝、親と喧嘩《けんか》でもしてたとか。そういう経験なら私にもある。さすがに夜の九時まで粘るようなことはなかったけれど。家に帰るのが気まずくて、外で時間をつぶしていたことなら、何度か。

そう思い至って、なんだかすがるような気分で佐々原くんにそれを伝えようとしたとき、

「俺も、そう思う」

あいかわらず平坦な声で、佐々原くんが頷いた。

その口元に、ふっと自嘲するような笑みが浮かぶ。

「果乃は、家に帰るのが嫌だったんだろうなって」

「……なんで」

「俺がいたから」

その言葉だけはやけにはっきりと告げられて、私は眉を寄せた。なにか確信を持っ

ているような口調だった。

佐々原くんと果乃さんがとても仲よしだったことは、美月ちゃんから聞いた。きっと嘘ではなかったはずだ。佐々原くんのライントーク画面からも、それは伝わってきたから。

……たまたま、その日、喧嘩をしてしまったのだろうか。

そしてちょうどそんな日に、果乃さんが死んでしまったから。だから佐々原くんは責任を感じている、とか。

頭をよぎったのはそんな想像で、だから私はそれを否定するための言葉を探そうとしていたけれど、

「俺さあ、果乃に」

それより先に、佐々原くんが言葉を続けた。投げ出すような調子だった。

「好きだ、って言ったんだよ」

「……え」

「言うつもりなんてなかったんだけど。一生」

予想外の言葉に、一瞬息が止まった。

遠くから、夕焼け小焼けのメロディーが流れてくる。それに反応して、公園にいたふたりの男の子は鬼ごっこをやめたようだった。家に帰る合図になっているのかもし

れない。砂場の隅に無造作に置かれていた鞄を拾ってから、公園の出口のほうへ歩きだす。

私がなにも返せずにいるうちに、佐々原くんは抑揚のない口調のまま、

「兄妹だし、ずっといっしょに暮らしてきた兄にそんなこと言われたって困るだけだし。実際、果乃、めちゃくちゃ困った顔して逃げて、それ以来俺のこと避けるようになって。それが事故の一週間ぐらい前」

「……じゃあ、なんで、言おうと思ったの？」

「果乃が、告白されたって聞いて」

足元へ視線を落とした佐々原くんは、なんだかやけになったように語を継ぐ。口元には、また自嘲するような笑みが浮かんでいた。

「しかも果乃、付き合おうか迷ってるとか言ってて。好きなのかって訊いても、ろくに話したこともない相手だって言うし。なのになんで付き合おうとしてんのか訊いたら、はじめてだったから、とかわけわかんないこと言って」

「はじめて？」

「告白されたのが。自分のこと好きになってくれたの、そいつがはじめてだから。だから付き合ったほうがいいのかな、とか、ふざけたこと言うから。なんかむかついて、つい」

いつの間にか夕陽の落ちた公園はだいぶ暗くなっていて、佐々原くんの細かな表情がつかみにくい。だけどそこで言葉を切った彼の横顔が、かすかに歪んだのは見えた。

「その日から果乃、急に帰りが遅くなって。もともと塾には通ってたけど、前は終わったらまっすぐ帰ってきてたのが、どこかで寄り道してくるようになったし。たぶん、俺と顔合わせたくなかったから」

「だけど」

自分を追い込むように淡々と並べられる言葉を聞いているうちに、なんだか息が苦しくなる。

こらえきれなくなって、私は途中で声を上げると、

「それはそれ、っていうか……果乃さんの事故が佐々原くんのせいだなんて、そんなことにはならないんじゃ」

「本当に事故なら、そうかもしれないけど」

「え？」

「事故だったのかな、本当に」

独り言のような調子で繰り返された言葉に、私は黙って佐々原くんを見つめた。

その暗い横顔は、やっぱりなにかを確信しているように見えて、

「……もしかして、佐々原くんは」

少し迷ったあとで、口を開く。

「自殺だった、って思ってるの？　果乃さんのこと」

佐々原くんはなにも答えなかった。けれどそれで充分だった。無言のまま伏せられたその暗い目が、答えだった。

「……なんで」

呟いて、眉を寄せる。

わからなかった。どうして佐々原くんがそこまで思うのか。

そりゃ、気持ちに応えられない相手に好きだと言われたら、困るかもしれないけど。告白を断ったあとに顔を合わせるのは、気まずいかもしれないけど。

それだけで死のうと考えるほど追い詰められるなんて、思えない。

誰だろうと好きだと言ってもらえることは、うれしいことのはずなのに。

「だって、気持ち悪いじゃん」

そんなことを考えたら、見透かしたみたいに佐々原くんが言う。

あいかわらず投げやりな、吐き出すような口調だった。

「……気持ち悪い？」

「かのちゃんって兄弟いないの？」

「え？」

唐突に向けられた質問に、一瞬戸惑ってから、

「弟が、いるけど……」

「年近いの？」

「うん、二歳下」

「じゃあその弟から、急に好きだとか言われたら」

「え」

「かのちゃん、どう思うの」

そこでようやく、私は佐々原くんが言わんとしていることを察した。

「え……えっと」だけどなんと答えれば正解なのかわからなくて、口ごもる。弟とはわりと想像しようとしたけれど、あまりに現実味がなくてうまくいかない。

仲が良いほうだと思っているけれど、もちろんそんなこと、考えたこともないし。

だからもし、本当に、佐々原くんの言うような状況になったとしたら。

……気持ち悪いと、思うのかも、しれない。

だけど。

――死にたいと、思うほど？

「俺さ」

いやまさか、と疑問はすぐに答えに至って、それを伝えようと口を開きかけたとき

だった。

私の返答なんてわかっているかのように、佐々原くんが先に言葉を継いだ。

「果乃が遊びに出かけるとき、あとつけたことある」

「……へ？」

「いっしょに遊ぶ相手が男じゃないかって気になって。けっきょく女子だったから途中で帰ったけど」

「……え、あの」

「お風呂も、果乃のあとを狙ってよく入ったり。果乃が誰かと電話してたらめっちゃ聞き耳立ててたし」

――なんだろう。なにを言いたいんだろう、佐々原くん。

淡々と並べられる暴露に、私はどう反応すればいいのかわからず、困惑する。

内容とは裏腹に、佐々原くんの横顔はあいかわらず無機質だった。その口調と同じで。

私がなにも言えずにその横顔を見つめていると、ふいに佐々原くんがこちらを向いた。久しぶりにぶつかった視線に、心臓が跳ねる。

「ね、気持ち悪いでしょ。同じ家に、そんな男がいるって」

私は咄嗟になにも言えなかった。

頷いても、否定しても。意味なんてない気がした。だってそれは私の感想で、佐々原くんが本当に知りたいのは、そんなことじゃないはずだから。

佐々原くんが知りたいのは、きっと、果乃さんの答えで。

「こういうとき、家族って地獄じゃん。逃げ場がないっていうか。果乃の家はひとつしかないから、そこに帰るしかないし。まだ中学生だったから、ひとり暮らしとかもできないし。これから先も当分、果乃は同じ家で俺と暮らしつづけるしかなかったんだから」

「……それが嫌で、自殺したって？」

「だってさ、高校卒業と同時に家を出るとしても、あと三年。少なくとも三年間は、そんな男といっしょに暮らさなきゃいけないって、わりと絶望しない？　あと三年間も、耐えなきゃいけないって」

耐える、と私は佐々原くんの言葉を口の中で繰り返す。

どこまでも無機質なその口調に、ふと、もぞもぞとした不快感がお腹の奥で湧いた。

「でも、私は」喉元まで込み上げたそれに押され、声があふれる。

「そんな風には、思わない、けど」

地獄とか、絶望とか。佐々原くんの選ぶ単語のひとつひとつが、ざらりとした感触で耳に残る。

なんでそんなことを、佐々原くんが言うんだろう。

ふいによぎった違和感に、眉を寄せる。だってそれは、果乃さんの気持ちで。

「そんな風って?」

「果乃さんがそこまで、佐々原くんのこと嫌ってた、なんて」

「……いや、かのちゃん知らないじゃん」

佐々原くんはあきれたように、軽く笑って吐き捨てると、

「果乃のことなんて何にも。会ったこともないんだし」

佐々原くんにそう言われるのは、わかっていた気がした。それを言われたら、私にはなにも反論なんてできないのも。

──わかっていたから、知りたかったんだ。

だってなにも知らない私の言葉なんて、佐々原くんにはひとつも響かないから。

あの日もきっと、そうだった。無神経な言葉をぶつける私を、佐々原くんはなんだかあきらめたような目で見ていた。本気で怒ることはなく。なにも知らないんだから仕方がない、って、そんな顔で。

それが悲しくて、悔しかったから。

「……知らない、けど」

だけどけっきょく、調べたところでなにもわからなかった。わかるわけ、なかった。

どんなに美月ちゃんから話を聞いても、新聞記事を探しても。

だって私の本当に知りたいことは、きっと、果乃さんしか知らない。

「でも知らないのは、佐々原くんだって同じでしょう」

「は？」

「だって果乃さんの気持ちだよ。果乃さんの本当の気持ちなんて、佐々原くんにだってわかんないはずだよ」

「いや、わかるよ。果乃のことならだいたい」

「本当に？」

「はあ？」

なに言ってるんだろうこいつ、みたいな顔で私を見る佐々原くんの目を、強く見つめ返す。

「だって、私はそうは思わないもん。果乃さんが佐々原くんのこと、そんなふうに思ってたなんて、どうしても」

「だからかのちゃんの意見なんて知らないよ。果乃のこと何にも知らないかのちゃんの、勝手な想像なんてどうでも」

「勝手な想像なのは、佐々原くんだって同じでしょう。果乃さんに直接返事を聞いたわけじゃないんだから」

「その行動が返事じゃん。俺から逃げて、顔を合わせるのを避けるようになって。あの日も、塾が終わったあと家に帰らずに、屋上になんか行って、それで……」

そこでふと言葉を切った佐々原くんは、次の言葉を口に出すのを一瞬ためらったようだった。私の顔から目を逸らし、唇を軽く噛む。そうしてなにかをあきらめたように、「俺さあ」と投げやりな調子で口を開いた。

「鬼ライン、してたんだよ。果乃に」

「え……」

「告白したあと、果乃が避けるから。一回ちゃんと話そうって、何回も何回も。返信なんて全然なかったけど、それでも返事が聞きたくて。今思えば果乃の行動が答えだったのに、あのときはそんなこともわからなくて。ほんとバカみたいだけど」

苦しげに吐き出す佐々原くんを見ているうちに、ふいに胸の奥でなにかが落ちるような感覚がした。靄《もや》がかかっていたものにピントが合う。

私がどうして、こんなにも佐々原くんに惹かれたのか。

「それ、めちゃくちゃ怖かったと思う、果乃。気のない相手にしつこく追撃されて。しかも相手は家族で、同じ家に住んでて逃げられないし。地獄でしょそんなの、どう考えても」

「……でも、それは」

私が返すべき言葉は、少しも迷わなかった。あの日、朝の駅で佐々原くんが言ってくれた言葉を思い出す。私がずっと嫌いだった私を、まっすぐに肯定してくれた言葉を。

すっと短く息を吸う。言葉は、よどみなく喉から転がり出た。

「果乃さんに、伝えたいことがあったからでしょ？」

「え」

――佐々原くんの引きずっている痛みは、私とよく似ていたから。

「佐々原くんだって、死ぬほど勇気を振り絞って言ったはずだもん。果乃さんに、好きだってこと。それの返事をちゃんと聞きたいって、果乃さんの気持ちも知りたいって、そう思って追いかけることのなにが悪いの？」

佐々原くんは黙って私を見た。何度かまばたきをして、それからふっと目を伏せる。

「……悪いでしょ」力無い笑みといっしょに、小さく呟く。

「だってそれが、果乃を追い詰めたから」

「私は、そうは思わない」

即座に突っ返した私に、佐々原くんがふたたび顔を上げ、眉を寄せる。

「……いや、だから、なにも知らないかのちゃんの想像なんて」

「知らないのは、佐々原くんだって似たようなものでしょ。確実なのは、果乃さんがあの日、屋上に行ったってことだけだもん。果乃さんがなにを考えてたかなんて、佐々原くんにもわかんないはずだよ」

なんの言い合いをしているんだろう、なんて頭の隅でちらっと思う。

自分でもどうしてここまで頑《かたく》なになっているのか、よくわからなかった。だけどなぜだか認めたくなかった。無性に腹立たしかった。佐々原くんが、果乃さんの気持ちを決めつけていることが。

果乃さんのことを考えることすら、やめているように見えて。

「そりゃわかんないでしょ、そんなの。ただ状況的にそうとしか思えないから」

「じゃあ佐々原くんはそうなのかもしれないけど、私はそう思わない。だから、私はちゃんと知りたい。諦めたくない」

言っているうちに妙な力がこもってきて、思わず立ち上がっていた。拍子に揺れたブランコが、膝の裏辺りにぶつかる。

「はあ?」

それにちょっと顔をしかめた私のほうを見上げながら、佐々原くんは困惑した声を上げると、

「いや意味わかんない。諦めないってなにを」

「果乃さんのこと」

佐々原くんの言うように、私は知らない。果乃さんのこと。話したことも、顔を見たことすらないから。どんな子なのかも、佐々原くんのことをどう思っていたのかも。

——だけど、知っていることだってあった。

佐々原くんが、果乃さんの好きなお菓子を覚えていて、今も探していたこと。果乃さんの好きな飛行機の写真を、ラインのホーム画面に設定していること。それぐらい、佐々原くんが今も果乃さんを、大事に思っていること。

それだけは、知っていた。知ってしまった、から。

「私は、ちゃんと確かめたい。本当のこと、知りたい」

どうすればいいのかなんて、わからなかった。だけどそう決めたら、いてもたってもいられなくなった。

まだブランコに座ったままの佐々原くんを置いて、踵を返す。そうして足早に歩き出したら、

「……意味わかんない」

後ろで呟く佐々原くんの声が小さく聞こえたけれど、無視しておいた。

＊＊＊

意味がわからなかった。

彼女は、ずっと。

小さくなっていく彼女の背中を眺めながら、俺はひとり眉を寄せる。

なにをする気なのだろう。確かめるとか言っていたけれど。どうやって確かめるというのだろう。果乃はもういないのに。いや、そもそもどうして彼女が、果乃のことを確かめようとしているのだろう。

どうしてまだ、俺に関わろうとしているのだろう。

俺が彼女に近づいた理由なんて、最低でしかなかった。彼女の見た目が好みだったわけでも、性格を気に入ったわけでもなんでもなくて。

ただ彼女の名前が、〝かの子〟だったから。さらにラインのアカウント名が〝かの〟だったから。

彼女のことを『かのちゃん』と呼んで傍に置いていたら、果乃がいなくなったという現実が、ほんの少し、遠くなりそうな気がしたから。

大人しくて従順で、自己主張もしないし、うるさくもない。だから傍に置いていても疲れないだろうし、都合が良いと思った。それだけだった。

だけど実際に付き合ってみてわかったのは、彼女がちっとも〝わからない〟ということだった。

まず、彼女は従順でもなんでもなかった。勝手に俺のスマホは見るし、俺の行動にケチつけてくるし、なぜか果乃のことを調べてるし。

ぜんぶ、彼女に告げたはずなのに。俺が彼女に近づいた最低な理由も、彼女に対して抱いていたひどい気持ちも。

そうしてはっきりと別れを突きつけたはずなのに、彼女はなぜか、俺から離れようとしなかった。教室で、クラスメイトに対して俺が好きだということを大声で宣言したりもしていた。

あのあと彼女がいなくなった教室ではちょっとした騒ぎになって、さすがに同情したらしいクラスメイトたちから、片瀬よりも俺が軽く詰められたことなんて、彼女はきっと知らないのだろう。

本当に、彼女は勝手だった。

そして意味がわからなかった。

果乃のことを調べて、どうするというのだろう。果乃がなにを考えていたのかなんて、そんなことを彼女が知ったとして、何の得があるというのだろう。なにもない。あるはずがない。だって彼女と果乃は何の接点もない。それなのに、彼女はどうしてあんなにも必死になっているのだろう。

俺が死なせた、果乃のことを。

どうして俺以上に、彼女が必死に探しているのだろう。

「……わかるわけ、ないのに」

諦めたくない、と彼女は言った。だからといってどうすることもできないはずだ。もういない果乃の気持ちを、今更知るなんて。

だけど彼女は本当に、諦めないのだろう。

それだけは奇妙な確信を持って思えるのが、不思議だった。

俺はもうとっくに、諦めたのに。

いや、最初から、考えようともしなかったのに。

今俺が知っていることが、すべてだと思った。思いたかった。それ以上のことなんて、考えたくなかった。

果乃はきっと俺のせいで死んだ。俺が好きになったせいで。

だから俺は、これからもずっと、そのままでいようと決めたのだ。

前へなんて進まない。立ち止まったまま、ずっと果乃を想い続ける。果乃へ、届かないメッセージを送り続ける。今も想っていることを、果乃を想って苦しんでいることを、示すために。なにも考えず、ただ、どこまでも自己満足な罪滅ぼしを続ける。ずっと。

だってそれがいちばん、楽だから。

楽だった、はずなのに。

「なに、する気なんだろ……」

彼女の消えた公園の出口のほうへ目をやり、ぼんやり考える。

わからなかった。彼女はいつも、俺の予想もつかないことをしてくるから。

ちりっと胸の片隅をなにかが走り抜けていくような、嫌な感覚がした。指先が冷たい。

わからないことが、怖いと感じた。

気づけば、俺はブランコから立ち上がっていた。もちろん当てなんてなかった。だけどなにかに追い立てられるように、俺の足は動き出していた。

最初は歩いていたのだけれど、妙な渇きを覚えて、気づけば地面を蹴って走り出していた。喉ではなく、身体のずっと奥のほうが渇いていた。

彼女に、会いたいと思った。

彼女はわからないから。わからないから、怖くて、知りたくて、――なにかを、期待してしまう。

息が上がる。汗がにじむ。

それでも、止まれなかった。

第五章　あの日の空に、手を伸ばす

——確かめたいとは、言ったものの。

私はもう何度読んだかわからない新聞記事を前に、考えあぐねていた。

暗唱できるほど繰り返し読み込んだ、その記事。あのあと、ネットや一月以降の新聞も探してみたけれど、果乃さんの事故について書かれた記事は、やっぱりこれだけだった。

事故のあった場所と日付、時間。記事が教えてくれるのはそんな概要だけで、どれだけ読み込んだところで、それ以上のことがわかるわけもない。

行き詰まった私が思い至った次の手段は、それなら実際に行ってみよう、というものだった。

果乃さんが死んだ、その場所に。

行ったからといって、なにがわかるかなんてわからなかったけれど。とりあえずたしかなのは、これ以上ここで考え込んでいても、どうせなにもわからないということだったから。

家とは反対方向の電車に乗って伊豆見駅へ向かう。

——伊豆見駅前にある、地上四階建ての雑居ビル。

私が新聞記事から得た情報は、これだけだった。

それで場所の特定なんて無理かもしれない、とも思っていたけれど、実際に探してみると思いのほか容易《たやす》かった。〝伊豆見駅前〟と呼べる距離に建っているビルで、四階建てのものはひとつだけだったから。

「……ここって」

見つけたビルの前に突っ立って、ぽつんと呟く。

先日も立っていた場所だった。ここで、塾終わりのたまきちゃんと美月ちゃんを待った。

考えてみれば、すぐに合点がいった。美月ちゃんは、果乃さんと同じ塾に通っていたと言っていた。佐々原くんも、あの日の果乃さんは、塾が終わったあと家に帰ってこなかったのだと言っていた。

『塾が終わったあと家に帰らずに、屋上になんか行って、それで――』

不思議に思った夜の九時という時間も、そう考えるとたいして妙なことでもなかった。

先日待っていたたまきちゃんたちの授業が終わる時間も、九時だった。

果乃さんはこの塾に通っていて、あの日もここで授業を受けて、授業が終わったあと、屋上へ向かったんだ。

でも。――なんのために、だろう。

突っ立ったまま考え込んでいたら、横を中学生らしき女の子が足早に通り過ぎていった。

そこでようやく通行の邪魔になっていることに気づき、あわてて道路の端に移動する。

セーラー服を着た女の子は、そのまま私が眺めていたビルへ入っていった。どうやら塾の生徒らしい。

その子を皮切りに、中学生ぐらいの子たちが続々とやって来た。みんな大きめの鞄を抱えて、ビルへと入っていく。そろそろ授業が始まる時間なのかもしれない。腕時計を見ると、六時二十分を指していた。

私は少し悩んだ末、九時まで待ってみることにした。

お母さんに遅くなることを伝えるラインを送ってから、先日美月ちゃんといっしょに行ったコーヒーショップへ移動する。

カフェラテをちびちびと飲みながらそこで時間をつぶし、九時が近くなるとまた塾の入っているビルの前へ戻った。

「──あれっ？」

着いたときには、ちょうど授業が終わったところだったようだ。

ビルからは中高生ぐらいの人たちがぞろぞろと出てきていて、その中にいたひとりが、私を見て声を上げた。

「かの子ちゃんだ！　え、なにしてるのー？」

美月ちゃんだった。

明るい笑顔でぶんぶんと手を振りながら、こちらへ歩いてくる彼女に、

「あ……え、えっと」

私は咄嗟にうまい言い訳が出てこなくて口ごもる。

するとと美月ちゃんはなにか思い当たったみたいに、

「あっ、もしかして、この前訊きそびれたことでもあった？」

「う、ううん！　違うよ、ちょっと散歩に……」

「散歩？」

「うん、ほら、このへん空港近くて、飛行機がよく見えるから」

咄嗟にそんな言い訳をしながら空を指さして、はっとした。そこに広がっていた星空が、思いのほかきれいだったから。雲ひとつない空一面に、無数の星々がきらめいている。

「飛行機？」

それに思わず目を奪われていると、横から美月ちゃんの不思議そうな声がした。

「かの子ちゃんって飛行機が好きなんだ？」

「う、うん、わりと……」

「あ、じゃあここの屋上に行く？　もっとよく見えるんじゃない？」

「えっ、いいのっ⁉」

急に美月ちゃんが願ってもない提案をしてくれて、思わず大きな声を上げていた。

美月ちゃんのほうへずいっと顔を突き出す。それに美月ちゃんがちょっと驚いたように、身を引こうとしたのがわかったけれど、

「行きたい！　部外者だけど、私が入っても大丈夫かな⁉」

「あ、う、うん。大丈夫だと思うよ、わりと自由に入れる感じだし……」

全力で食いついてしまった私に、美月ちゃんは圧倒されたように苦笑しながら、

「じゃあ行こっか、今から」

と言ってくれた。

「かの子ちゃんって、やっぱりおもしろいねぇ」

ビルの狭いエレベーターに乗り込んだところで、美月ちゃんがなんだか楽しそうな声でそんなことを言って、

「え、お、おもしろい？」

思いがけない言葉に、私はびっくりして聞き返す。

おもしろいなんて。はじめて言われた。

昔から地味で内気で、真面目さだけが取り柄みたいな人間だったから。

「うん、このまえ話したときも思ったけど。だから私ね、また会いたいなあって思ってたんだよ。かの子ちゃんに」

「え……私に？」

「うん」

あのね、と、ふと内緒話をするようなトーンになって、美月ちゃんが言う。

「実はね、私も今好きな人がいて」

「えっ」

四階のボタンを押した美月ちゃんは、はにかむような笑顔でこちらを振り向いた。

そうして落ち着きのない仕草で前髪をいじりながら、

「だからね、今度、かの子ちゃんに相談にのってほしいなあって思ってて……」

「え、わ、私なんてそんな、なんにも役に立てないよ！」

びっくりして、顔の前でぶんぶんと手を振る。

恋愛相談なんて、とんでもない。私にはなにも言えることなんてない。だって。

「私、片思いしかしたことないもん。一回も成功経験ないし、振られてばっかりの、完全な敗北者だし……」

やっぱりおもしろいな、と美月ちゃんはおかしそうに笑ってから、

「でもかの子ちゃん、すごーく一生懸命じゃん」

「そ、そうかな」

「そうだよー。振られても諦めずに、こうやって情報収集に来たりさ。だからかの子ちゃん見てたら、私もがんばろうって気分になっちゃうっていうか、元気もらえるんだよね」

なんとも前向きなその表現に、ちょっとむずむずしてしまう。

一生懸命、というか。それよりむしろ、執念深いというか粘着質というか。そんな表現のほうが似合う気がするから。

ちょっと優しくされただけで好きになって、振られてもなお諦めきれず、勝手に彼の過去を調べ回ったりして。

あらためて思い返してみると、なかなかの地雷女だ、こんなの。佐々原くんも今頃、こんな女に手を出してしまったことを痛烈に後悔していることだろう。

「たまちゃんも言ってたよ」

「へ、たまきちゃん？」

「うん。かの子ちゃん、すごくまっすぐで一生懸命で、そういうところが好きなん

だって」

「え……そう、なんだ」

はじめて聞いたたまきちゃんの言葉に、じわっと胸の奥に温かいものが広がる。なんだか口元がにやけてきて、隠すようにうつむいていると、

「というか単純に、かの子ちゃんおもしろいからもっと話してみたいんだ。ね、だから今度いつかいっしょに遊ぼ？　たまちゃんもいっしょにさ、休みの日にどっか遊びにいこうよ」

「あ、う、うん。もちろん、ぜひ！」

やった、と美月ちゃんが無邪気な声を上げるのに重なり、チン、と音を立ててエレベーターが止まった。扉が開く。

四階にあったのは、美月ちゃんたちの通っている塾の自習室だった。まだ生徒が残っているようで、教室には電気が点《つ》いている。

美月ちゃんに案内され、エレベーター横のドアを開けると、階段があった。

いちばん上まで上ったところで、無骨な鉄の扉が現れる。

鍵はかかっていなかった。重たい音を立てて開いた扉の向こうに、フェンスに囲まれた殺風景なコンクリートが広がる。

当然ながら電気はなくて、周りの建物から漏れる光にかすかに照らされてはいるけ

れど、足元も見えないぐらい暗い。

「飛行機、見えるかなあ」

夜空を見上げながら、美月ちゃんが無邪気な声で呟く。

そんな美月ちゃんの隣で、私は屋上をぐるりと見渡しながら、

「……あの、美月ちゃん」

「うん？」

「果乃さんも、飛行機、好きだったのかな」

訊ねると、美月ちゃんはふっと真面目な顔になってこちらを見た。それから少しだけ考え込むように黙ったあとで、

「……いや？　そんな話は聞いたことないけど」

「じゃあ、ミンキーは」

「へ、ミンキー？」

「果乃さん、ミンキーが好きだったのかな」

美月ちゃんは不思議そうに私の顔を見つめたまま、軽く首を傾げて、

「……いや、ミンキーもべつに？　好きだって言ってるのも特に聞いたことないし、ミンキーのグッズとかも持ってなかったと思うけど。果乃ちゃん、そういうキャラクターものとか好きそうなタイプじゃなかったし」

「そうなの？」

「うん。どっちかというと大人っぽい子だったから。よく話してたのは、かわいい服のブランドのこととか、ドラマのこととか、そういう話だったし。飛行機とかミンキーとかのこと話してるのは、聞いたことないかな……」

思い出すように視線を漂わせながら話す美月ちゃんの顔を、私は黙って見つめた。

少しして、また屋上のほうへ視線を戻す。

コンクリートが広がるだけの、四角い空間。

——塾終わり、果乃さんはひとりで、ここへやって来た。

「あの」と私はまた美月ちゃんのほうを向き直って、

「連れてきてくれてありがとう。私、もう少しここにいるね。もう遅いし、美月ちゃんは先に帰ってて。ほんとにありがとう」

「そっか。わかった、気をつけてね」

もう一度お礼を言ってから、ひらひらと手を振って建物へ戻っていく美月ちゃんを見送る。

そうして前方へ視線を戻すと、暗い屋上へ足を踏み出した。

——あの日の果乃さんを、探すために。

『好きだ』

ずっと家族だと思っていた人から、突然そんなことを告げられたら。

私は必死に想像する。

果乃さんは逃げた。きっと、わけがわからなくて、混乱して。

佐々原くんを避けるようになった。だって、どんな顔をすればいいのかわからなかったから。

気まずくて、家に帰るのを遅らせるようになって。塾が終わっても、なんとなく帰る気になれなくて。

——それで、ここに来た。

フェンスのそばまで行き、手をかける。見晴らしは良くない。すぐ近くに隣のビルの壁があるし、そちらのビルのほうが背が高いから。覗き込むように下を見れば、ほとんど人通りのない暗い路地だけが見える。

……果乃さんは、なにを見ていたんだろう。

ぼんやり考えながら、その殺風景な屋上を見渡す。隅っこのほうに貯水タンクと室外機がある以外は、なにもない。寒々しくて味気ない、コンクリートの床が広がるだけ。

果乃さんは、こんなところに、ひとりで。

私は空を見上げた。

見下ろしても見えるものがないなら、果乃さんの目的は上にあったのではないか、と思ったのだけれど。

もちろん地上よりは空が近い。だけどそれほどきれいに見えるわけでもない。隣のビルとか看板とか、視界にはけっこうよけいなものが入ってくるし。あの日も星がきれいだったのかはわからないけれど、夜空を眺めるのにあまり適した場所とは思えない。

『このへん、空港近くて』

見上げているうちに思い出したのは、ついさっき自分が口にした言い訳。

『飛行機がよく見えるから』

そんな言い訳が口をついたのは、先日、本当に飛行機を見かけたからで。

空港は、ここから電車で二駅ほど東へ行ったところにある。だから東の空には、空港から飛び立つ飛行機や、反対に降り立とうとしている飛行機が、けっこう大きく見える。あの日のミンキージェットも、それがミンキージェットだとわかるほどには近くに見えた。

——そんなこと、今まではまったく、気にしたことはなかったけれど。

空港の方角も、飛行機が見えやすい場所も。

佐々原くんを好きにならなければ、きっとこの先も、ずっと。

『その日から果乃、急に帰りが遅くなって』

佐々原くんの言葉を思い出しながら、私は東の空へ目を向ける。

だけどそこにもビルの壁があって、視界は開けていない。真上の空なら見えるけれど、空港から飛び立つ飛行機だとかは見えそうになかった。

『もともと塾には通ってたけど、前は終わったらまっすぐ帰ってきてたのが、どこかで寄り道してくるようになったし』

佐々原くんの言い方だと、果乃さんが塾のあと外で時間をつぶしていたのは、あの日がはじめてではなかったみたいだ。

佐々原くんから告白を受けて、一週間。果乃さんはしばらく、夜の街にひとりでいたということだろうか。

今は五月だから夜風がちょっと冷たい程度だけれど、果乃さんがそうして過ごしていたのは十二月。きっと凍えるほど寒かったはずだ。この屋上なんて、よけいに。

——だけど果乃さんは、ここにいた。

駅前のコーヒーショップなんかじゃなく、この、寒々とした屋上に。

家には佐々原くんがいたから。

気まずいから。顔を合わせたくなかったから。

それはたぶん、佐々原くんの言うとおりなのかもしれないけれど。

だけど、と私はあらためて屋上を見渡しながら思う。

顔を合わせたくなかっただけなら、こんなところに来なくてもよかったはずなんだ。

塾終わりで疲れているときに、わざわざ寒くて暗いこんな場所になんて。

そもそも、べつに家に帰ってもよかったはずなんだ。同じ家で暮らしているからって、自分の部屋に引きこもっていれば顔を合わせることはないし。

言うつもりなんてなかった、と佐々原くんは言っていた。一生、誰にも。

そんな気持ちを、思いがけず打ち明けてしまったあと。佐々原くんのほうから果乃さんへ、それ以上なにか迫ることもなかったはずだし。だからうっかり顔を合わせてしまったとしても、無視してしまえばそれで。

……果乃さんには、それができなかったのかな。

そうしたく、なかったのかな。

――だってそうすると、佐々原くんを傷つけてしまうから。

触れていたフェンスを、思わずぎゅっと握りしめたときだった。

ゴォ、と聞き覚えのある音がした。はっとして、音のしたほうへ目をやる。

東の空を飛ぶ飛行機の姿が、一瞬見えた。だけどすぐに、それは灰色の壁の向こうに消える。隣のビルの高い壁。それが視界をさえぎって、飛行機が見えなくなる。

私はいそいで屋上の端まで移動した。

隣のビルの奥行きはこのビルとほぼ同じだ。だからいちばん端まで行っても、どうしたって視界の邪魔をする。私はフェンスに手をかけ、ぐっと身を乗り出した。そこでようやく少し、向こうの空が見える。

あっ、と声がこぼれた。

あわてて肩に提げていた鞄を開け、スマホを取り出す。カメラを起動し、顔の高さに掲げる。だけどやっぱりビルの壁が邪魔だった。できる限り腕を伸ばしても、少し届かない。

もどかしくて唇を噛む。

だけど、どうしても撮りたかった。これを、佐々原くんに見せたかった。考えている暇もなく、私はフェンスに足をかけ、思い切り身を乗り出した。限界まで腕を伸ばす。

そこでようやく、暗い空を飛ぶその姿が画面に映った。

よしっ、と声を上げ、親指の腹でなんとかボタンを押した、そのときだった。

前方へ体重をかけすぎた身体が、バランスを崩した。前のめりにぐらりと傾く。

咄嗟にフェンスをつかもうとしたけれど無理だった。スマホを持っていたから。あ、と思ったときには視界が回って、真下にある道路と横断歩道が小さく、だけどやけにはっきりと見えた。

そんな瞬間まで、私は必死に、スマホを落とすまいと握りしめていた。

さっき撮った、この写真を。ここで見つけた果乃さんを。佐々原くんに見せなければ、と、そう思って。自分でもわけがわからないぐらい、そんな使命感だけに胸が焼かれていて。

——あの日の果乃さんも、きっと。

ゆっくりと宙へ投げ出されていく身体に、ぎゅっと目を瞑ったときだった。

なにかが私の腕をつかんだ。かと思った次の瞬間には、ぐいっと後ろへ思い切り引っ張られ、また視界が反転する。勢いよく引き戻された身体は、そのまま反対側に投げ出されていた。

コンクリートの上に横向きに倒れ込む。直後、真横に誰かが同じように倒れ込むのが、視界の端に見えた。

「ちょ……っと」

なにが起こったのか、一瞬わからなかった。

苦しげな吐息交じりの声が横から聞こえて、混乱しながら顔を向ける。まず見えたのは、見慣れたカーキ色のブレザーだった。

「なに、してんの、かのちゃん」
掠れた声で呟きながら、ゆっくりと身体を起こす。そうしてしかめた顔で私を見た
のは、佐々原くんだった。
「え、なん、で……」
「ひょっとして、ここに、来てるんじゃないか、と思って。なんとなく。てか、なに
して」
荒い呼吸に肩を揺らしながら、佐々原くんがとぎれとぎれの声をこぼす。その顔を
一瞬見つめたあとで、はっとした。勢いよく身体を起こす。
「さ、さはらくん！」
拍子に腕や膝に痛みが走ったのも、かまっている余裕はなかった。両手を床につき、
ずいっと佐々原くんのほうへ身を乗り出すと、
「見て！」
「え？」
「あれ！」
なんで佐々原くんが、なんて考えている隙はなかった。
思いがけなく現れた会いたかった人に、夢中で人差し指を空へ向ける。だけどすぐ
に、そこにはビルの壁があることを思い出した。下ろした指の腹を、代わりに握った

ままだったスマホの画面へ押しつける。

開いたのは、さっき撮った画像。それを佐々原くんの眼前へ突きつけながら、

「――これ！　ミンキージェットだよ！」

「……は？」

意気込んで告げる私の顔を、佐々原くんは眉を寄せて見つめていた。なにを言いたいのかわからない、といった顔で。私はかまわず続けた。

「私、このまえも見た！　この時間に、この近くで！」

心臓が早鐘を打っていて、息が苦しい。だけど息が上がるのも声が上擦るのも、かまってなんていられなかった。

早く、これを、佐々原くんに伝えたくて。

「それがなに……」

「佐々原くん、ミンキージェット、今は不定期に飛んでるって言ってたでしょう。でももしかしたら完全に不定期じゃなくて、この時間帯にこの辺りを飛んでることが多いんじゃないかなって！」

私は興奮してまくし立てる。至った仮説には、奇妙な確信があった。

――そう、だから。あの日も、きっと、

「きっと飛んでたんだよ！　あの日もミンキージェットが、夜の九時過ぎにこの辺り

を。わかんないけど、果乃さんはそれを見てたんじゃないかなって。ううん、見てただけじゃなくてっ」

　言っているうちに、どんどん確信が深まっていく。その光景が、はっきりと浮かんできて。

　きっと果乃さんは、さっきの私と同じように、

「写真を、撮ろうとしてたんじゃないのかな！　だから果乃さんのスマホに残ってる最後に撮った写真とか、それが確認できればあの日果乃さんがなんのために屋上に行ったのかわかるんじゃ」

「無理だよ」

　つかめそうな糸口に高揚する私を、佐々原くんの困ったような声がさえぎる。

「果乃のスマホ、もう壊れたから。あの日、果乃といっしょに落ちて」

「いっしょに？」

「うん。だから確認はできない」

　佐々原くんは力無く首を横に振ったけれど、その情報だけでも充分だった。

　――いっしょに、落ちたのなら。

　果乃さんが落ちる寸前まで、スマホを手にしていたということで。

「じゃあ」

ますます深まった確信に、私ははやる指でスマホの画面に触れる。

「あの日、ミンキージェットが本当に飛んでいたのかどうか、それを調べてみる！

過去の飛行機の運航状況とか、どうにかしてそういうのがわかればきっと」

「いいよ」

「へ」

「調べなくても。わかるから」

手を止めて佐々原くんのほうを見ると、彼は無言のまま、おもむろにズボンのポケットからスマホを取り出した。そうしてしばし画面を操作をしたあとで、

「これ」

私のほうへ向けられた画面に写っていたのは、暗い空を飛ぶ飛行機の写真だった。小さいけれど、目をこらせばかろうじてそれがミンキージェットだということがわかる。

画像の上に表示された日付は、十二月十五日。

驚いてそれを見つめる私に、

「たしかに飛んでた。あの日も、夜の九時頃に」

「……なんで、これを撮ったの」

「果乃に見せたくて」

目を伏せた佐々原くんの口元に、苦い笑みが浮かぶ。

「話しかけるきっかけにしようと思って。果乃が塾から帰ってきたら、ミンキージェット飛んでたって、これ見せようと思ってた」

私は黙ってその写真を見つめた。あまり上手な写真ではなかった。被写体のミンキージェットは画面の中央ではなく右下辺りにあるし、スマホを持つ手が動いていたのか、画像もぶれている。

きっと、あわてて撮ったのだろう。空を飛ぶミンキージェットを見つけて、果乃さんの顔が浮かんで。

――さっきの、私みたいに。

「……果乃さん、飛行機が好きだったの？」

「いや、飛行機自体はべつに。いっしょに空港に飛行機見にいったことあるけど、あんまりピンときてなかったみたいだし」

「じゃあ、ミンキーが好きだったの？」

「ミンキーも好きってほどじゃなかったけど。人気だった頃も、かわいさがいまいちわかんないとか言ってたし」

返ってきた答えはさっき聞いた美月ちゃんのものとだいたい同じで、私は首を傾げると、

「……なのに、ミンキージェットは好きだったの？」

「うん、ミンキージェットだけは好きだって言ってた。かわいいからって」

「ミンキー自体はかわいいと思わないのに？」

「うん。変なの、とは思ったけど」

そうだ、本当に変だ。どう考えても。

飛行機もミンキーもたいして好きではないのに、飛行機にミンキーの絵が描かれたミンキージェットにだけは惹かれるなんて、そんなの。

「……いつ」

「え？」

「いつ、好きだって言ったの？　果乃さん、ミンキージェットのこと」

訊ねると、佐々原くんは少しだけ考えるように黙ったあとで、

「いっしょに空港行って、飛行機見てたとき。果乃は好きな飛行機とかあるのって訊いたら、ミンキージェットだって」

——ああ、ほら。

さらっと返された答えに、なんだか途方に暮れた気分になって目を伏せる。

途端、瞼の裏にその光景が広がった。まるで目の前で見ているみたいに、鮮明に。

だって私も、見たことがあるから。子どもみたいなその表情も、うれしそうな声色

も。

だからそのときの果乃さんの気持ちは、手に取るようにわかる。そのときの果乃さん、だけは。

鼻の奥がつんとした。なぜだか急に涙が出そうになって、こらえるように唇を噛む。そうして息を吐こうとしたら、噛みしめた唇の隙間から、声が漏れた。

「……バカだな」

「え？」

返ってきた声が素っ頓狂で、よけいにもどかしさが胸を焼く。

思わずぎゅっと両手を握りしめ、息を吸って、

「――バカだな、佐々原くんは！」

「はっ？」

「違うんだよ、果乃さんはっ」

目を丸くして私を見つめる佐々原くんの顔に、人差し指を突きつける。そうして吐き出すように、叫んだ。

「ミンキージェットが好きだったんじゃない。佐々原くんが、好きだったんだよ！」

泣きたくなるほど、わかる。わかって、しまう。これだけは。

きっと果乃さんにとってのミンキージェットは、佐々原くんだった。

――私と、同じで。

「……は？」

突きつけた人差し指の先で、佐々原くんがまばたきをする。心底わけがわからない、という顔で。

「だって！」

そのすっとぼけた顔がまたもどかしくて、私は投げつけるように言葉を継ぐと、

「飛行機もミンキーも好きじゃないのに、ミンキージェットだけは好きなんて、そんなことあるわけないじゃん！」

「え、なんで」

それでもまだ、佐々原くんは私がなにを言いたいのかわからないみたいだった。

眉を寄せ、怪訝そうに口を開くと、

「あるわけないってことないでしょ。べつにミンキー単体じゃかわいく見えなくても、飛行機に描かれてたらかわいく見えるってこともあるんじゃないの。だって飛行機だし」

「いやないから！　だっての意味がわかんないし！　飛行機に描いてあればかわいく見えるとか、そんなの飛行機オタクの佐々原くんぐらいだから！」

全力でつっこみすぎて、頭が痛くなってきた。

ああ、なるほど。佐々原くんが今まで疑問に思わなかったのは、こんな考えだったからか。これだから飛行機オタクは。

「ないって言われても、果乃はそう言ってたけど。いっしょに空港行ったときも、楽しそうにミンキージェット見てたし」

「そりゃそうでしょ！　楽しかったはずだよ。佐々原くんといっしょだったんだもん！」

私だって、楽しかった。飛行機なんてまったく興味はなかったけれど、それでも。楽しそうに飛行機の魅力を語る佐々原くんの、その子どもみたいな表情を見ているだけで。

幸せだった。叫びたくなるぐらい。

——果乃さんもきっと、そうだったから。

「でも空港に行きたいって、最初に言いだしたのも果乃だったし」

「だけどその前から、佐々原くんは飛行機が好きだったんでしょ。だったらそれも、佐々原くんといっしょに飛行機を見に行きたかったからで」

「いや、果乃はミンキージェットが見たいからだって」

「だからそういう口実だよ！　そんななんでもかんでも本当のことが言えるわけじゃないよ！」

——ああ、本当に。

佐々原くんの顔に浮かぶハテナを眺めながら、私は頭を抱え込みたくなる。

薄々そんな気はしていたけれど。本当に、そうだった。佐々原くんは本当に、本当に、

「女心が、わかってない！」

「は？　なにそれ……」

「前から思ってたけど！　わかってないよ、全然！　だいたい飛行機のどこにそんなに惹かれるのかも正直よくわかんないし！　だけどそれでも、好きな人といっしょならいいんだよ！　むしろ好きな人といっしょじゃなきゃ、空港なんて全然楽しくないし！　半日過ごすような場所とも思えないし！」

だけど果乃さんは、空港に行きたいと言った。飛行機なんて好きじゃないのに。楽しそうに、ミンキージェットを眺めていた。

佐々原くんの目に映ったその姿は、きっと真実のはずだから。

「……え、空港楽しくないの？」

「楽しくないよ空港自体は！　飛行機なんてどれも同じにしか見えないし！　楽しかったのは、佐々原くんがいたからで！」

「でもかのちゃんも、ミンキージェット好きだって……」

「そんなの、佐々原くんの好きなものを好きだって言いたかっただけ！　だいたいキャラクターの絵が描いてあるだけの飛行機に、そこまで惹かれる理由もないし！　私が本当に好きなのは佐々原くんです！」

なにバカなことを叫んでいるんだろう、なんて頭の隅でちらっと思う。

だけどもうやけくそだった。止まらなかったし、止める気もなかった。今はただ、佐々原くんに伝えたくて、それだけに必死だった。

「だから果乃さんにとってのミンキージェットは、佐々原くんだったんだよ！　そんなミンキージェットを、果乃さんはあの日見ようとしてた。写真に撮ろうとしてた。それが、ぜんぶなんじゃないのかなって」

――もし本当に、佐々原くんの言うように、果乃さんが佐々原くんを気持ち悪いと思っていたなら。死にたくなるほど、嫌だと思っていたなら。

佐々原くんとの思い出でいっぱいのミンキージェットなんて、見たくもなかったはずで。

だけど果乃さんは、足を止めた。

暗い空を飛ぶ、ミンキージェットを見つけて。

それに近づこうと、屋上への階段を上った。スマホを掲げた。

果乃さんが佐々原くんに、どんな答えを返すつもりだったのかはわからない。心の底では佐々原くんのことをどう思っていたのかも。それはもう、誰にもわからないけれど。

ただわかったのは、あの日の果乃さんの心に、たしかに佐々原くんがいたということ。死にたくなるほど逃げたい、だなんて、間違っても思っていなかったということ。

きっと、向き合おうとしていたから、

「果乃さんはあの日、家に帰らずにここに来たんじゃないのかな。それで、わかんないけどたぶん……たぶん、きっかけを探してたんじゃないのかな。佐々原くんと同じで。話しかける、きっかけ」

だから、と私はまっすぐに佐々原くんの目を見た。

どうか伝われ、と祈るように。

「事故、だったんだよ。佐々原くんのせいじゃない」

佐々原くんはただ、黙って私の顔を見つめ返した。

「……かのちゃん」

何度かまばたきをしたあとで、ふっと目を伏せる。口元に、なんだか途方に暮れたような笑みを浮かべて。

その表情と同じだけ頼りない声が、私を呼んだ。

「まさかそれ、確かめに来たってこと？　こんなところまで」

「え？　う、うん」

あ、引かれたかな、と急に熱が引いた頭で考えたとき、

「──へっ」

ふいに佐々原くんがこちらへ手を伸ばした。冷たい指先が私の髪に触れる。

その感触に心臓が跳ね上がり、素っ頓狂な声が漏れた。

かまわずその手はそこにあった髪を軽く払ってから、頬に触れる。そうして輪郭をなぞるように下へ動く指先に、思わず緊張して身体を強張らせていたら、

「──ほんと、意味、わかんない」

「へ」

ぼそっと呟いた佐々原くんの表情が、耐えかねたようにぐしゃりと歪んだ。

頬に触れていた彼の手が肩に落ちる。かと思うと強くつかまれ、思い切り引き寄せられた。彼のシャツに顔が埋まり、なにも見えなくなる。

「そんなんでここまでするとか。あれで落ちて死んでたらどうすんだよ。なに考えてんの、お前」

「あ、ご、ごめ……」

抱きしめられたのだと理解が追いついたのは、激しい口調でまくしたてる彼の声が耳元で聞こえたときで。

混乱しながらも、私が反射的に謝ろうとしたら、

「やめてよ、頼むから」

絞り出すように彼が呟くと同時に、背中に回された腕に、ぎゅっと力がこもった。

「……かのちゃんまで、いなくなるとか」

耳朶《じだ》を打ったその声に、息が止まった。泣きそうな、子どもみたいな声だった。

「たぶん、本当はさ、しんどくて」

私がなにも言えずにいるあいだに、佐々原くんが言葉を継ぐ。ぽつぽつと、こぼれ落ちるように。

「果乃にライン送るの。でもそれが罰だと思って、だから俺はそれさえ続ければいいと思って、それ以上考えるのもやめて、送りつづけてたけど、でも」

くっついていると、佐々原くんの体温の高さがわかった。鼓動が速いのも、彼のシャツにうっすらと汗がにじんでいるのも。

だけど私に触れる彼の手は、まるで寒さに凍えるかのようにかすかに震えていた。

彼が言葉を吐き出すのにあわせて。

「本当はやめたかった。でも、情けないんだけど、自分じゃやめる方法がわからなくて、だから誰かに止めてほしくて、たぶん本当は、本当はずっと待ってたんだ。止めてくれる誰かを、かのちゃんのことを」

だから、と続けた佐々原くんの声はかすかに掠れていて、本当に頼りなかった。

「かのちゃんに、いてほしい。……ずっと、ここに」

言葉の合間、彼の吐息が泣きそうに震える。それに心臓をぎゅうっと握りしめられ、胸の奥が熱くなる。いっきに喉元まで込み上げてきたその熱さに、涙が出そうになって、

「いる、よ」

たまらず吐き出した息といっしょに、声がこぼれていた。

佐々原くんの顔が見たくて、私はそっと身体を離す。そうして彼の目を真正面からまっすぐに見て、

「ぜったい、ぜったいいる。私、佐々原くんが好きだから」

力を込めて告げながら、自分がとんちんかんなことを言っているのはわかっていた。

だけどかまわなかった。

目の前にある佐々原くんの顔が、今にも泣きそうに見えたから。

そのひどく力ない表情に、胸を焼かれて。今はとにかく、これを佐々原くんに伝えたかった。それだけで頭がいっぱいだった。真剣な顔で佐々原くんの目を見据えたまま、必死に重ねる。

「もう知ってると思うけど、私、しつこいし諦め悪いから。だからぜったい、いなく

ならないよ。佐々原くんが嫌だって言っても。これからもつきまとう、ずっと」

はっきりとした声で告げた私に、佐々原くんがちょっと表情を崩す。

「なにそれ」とおかしそうに息を漏らして笑う。

「意味わかんない、ほんと。……かの子って」

力無く呟いた佐々原くんの手が、ふっと私から離れかけたのがわかって、思わず手を伸ばしていた。つかまえるようにその手をつかむ。

そうしてぎゅっと握りしめれば、少しして佐々原くんの手にも力がこもった。

ゆるく握り返された手は、すぐにすがりつくような力に変わる。かすかに震えるその手に胸が詰まって、私はたまらずもう片方の手も添えた。

佐々原くんはそれ以上なにも言わなかった。

だから私も、ただ黙って佐々原くんの手を握っていた。

その冷え切った手に、少しでも私の体温がうつればいい、と、必死にそんなことを願いながら。

ふと空を仰げば、今にもこぼれ落ちそうな星々が、私たちを照らしていた。

不思議なほど、夜は明るかった。

終章

佐々原くんから久しぶりにラインが届いたのは、それから三日後の、金曜日の夜。

明日空港に行こう、というあいかわらず唐突なお誘いだった。

「ミンキージェットが見れるんだって」

土曜日の朝、地下鉄の駅で待ち合わせをして、空港行きの電車に乗り込む。

今日も車内はそれなりの混み具合だった。席が空いていなかったので、あの日と同じようにドア近くに並んで立ったところで、

「今日の午前中、こっちの空港にいるらしくて。かのちゃんはべつにミンキージェット好きじゃないって言ってたけど、俺がどうしても見たかったから。できれば、かのちゃんといっしょに」

ごめん、となんだか困ったような声で佐々原くんが言うので、私はあわてて首を横に振った。

「ううん、私も佐々原くんといっしょに見たかったよ！」

「ほんとに？」

「うん、だからうれしい。ありがとう！」

「……なら、よかったけど」

全力で頷けば、佐々原くんはなんとなくぎこちない調子で呟いた。壁しか見えない窓の外を、なぜかじっと見つめながら。

やがて、車内アナウンスが次の停車駅を伝える。電車がゆっくりと速度を落としはじめ、それに反応して、席に座っていた何人かが立ち上がる準備を始めた。

あ、席空くかな、と、私が期待してその様子を眺めていたら、

「合コン」

「へ？」

ふいに横から聞こえてきた単語に、間の抜けた声が漏れた。

合コン？

「かのちゃん、行くの？」

真面目な顔で訊ねられ、一瞬きょとんとする。

急になんの話かと困惑しながら佐々原くんの顔を見つめたあとで、ようやく思い当たった。

ああ、と声を上げる。

「片瀬さんが言ってたやつ？」

「そう。川奈《かわな》の男子が来るってやつ」

かの子もおいでよ、と。片瀬さんが誘ってくれたのは二日前だった。

私が望みの薄い片思いをしていることに、同情してくれたのかもしれない。

来週、片瀬さんたちは他校の男子との合コンを予定しているらしく、それに私も来

ないかとの声がかかった。ぜったい佐々原くんよりいい男が来るから！なんて片瀬さんは力強く断言していて、反応に困ったのを覚えている。

「まさか、行かないよ」

苦笑しながら答えたあとで、あれ、と首を傾げる。

「佐々原くん、聞いてたの？」

「そりゃ、同じ教室にいたし」

だけど、近くにはいなかったはずだ。片瀬さんもさすがにそこは気を遣ってくれたみたいで、佐々原くんが窓際の席にいる友達のもとへ行っているときに、私を誘ってくれた。だから教室の端と端ぐらい離れていたし、聞こえることはないだろうと安心していたのに。

私が不思議に思っていると、佐々原くんはちょっと困ったように視線を逸らして、

「……気になったから、聞き耳立ててた」

「え」

「でも行かないなら、よかった」

呟くように佐々原くんが続けた言葉に、一瞬ぽかんとしたあとで、痺《しび》れるほど胸の奥が疼いた。息が詰まる。

たまらなくなって、私は鞄の紐《ひも》をぎゅっと握りしめながら、

「い、行くわけないよ。私、佐々原くんが好きだし！」

思わず何度目かの告白をすれば、佐々原くんはまた私のほうを見た。

そうして少しだけ迷うように黙ったあとで、

「前から思ってたんだけど」

「え、なに？」

「かのちゃん、俺のどこがよかったの」

心底不思議そうに訊かれ、私は何度かまばたきをした。

「え……えっと」

咄嗟に気の利いた答えを探してみるけれど、見つからない。

けっきょくすぐにあきらめ、正直に答えることにすると、

「ほら、前に佐々原くんが、片瀬さんと滝本さんが授業中に大きな声でしゃべってたから、注意したことあったでしょう」

佐々原くんは少しだけ考え込むような表情をしたあとで、ああ、と呟いた。

「あったね、そんなこと」

「それが、うれしくて。前にも言ったけど、私、好きな人にラインしすぎて嫌われたことあったから。あのとき片瀬さんたちが愚痴ってた内容がね、自分のこと言われてるみたいできつかったの。だから佐々原くんが止めてくれたの、ありがたくて、それ

で」

「……え、そんなことで？」

「うん」

頷くと、佐々原くんはちょっと戸惑ったような顔をした。

「でもあんなの、べつにかのちゃんのために言ったわけじゃないよ。たしかにかのちゃんがしんどそうな顔してるのは気づいてたけど、あのとき、俺が嫌だったのは」

次の言葉を口にするのを、佐々原くんが一瞬ためらったのがわかった。軽く眉を寄せ、なんだか苦いものを吐き出すみたいに、

「──死ねばいい、って。片瀬が言ったから」

「うん」

「それが嫌だっただけ。すっごい軽い感じで言うから、なんかむかついて。ただの八つ当たりみたいなもんなんだけど」

「うん、それでも」

私は力を込めて重ねる。まっすぐに佐々原くんの目を見ながら。

「私はうれしかったし、ありがたかったんだ。佐々原くんが気になるようになったのはそれがきっかけだけど、でもそれだけじゃないよ。鞄持って駅まで走ってくれたのも、ラインの返信が早いのもうれしかったし、飛行機が大好きなところとか、いっ

しょにいるうちに佐々原くんのいろんな面を知って、それでもっと、もっと好きになりました」

佐々原くんはまだ戸惑ったような表情で、力説する私の顔をじっと見ていた。

負けじと私もその目を強く見つめ返せば、やがて、困ったように視線を落とす。

そのとき、ふたたび車内アナウンスが流れた。

告げられた次の停車駅は、私たちが降りる駅だった。それを聞いて、私がふと窓の外へ目をやったとき、

「……俺も」

呟くように佐々原くんが口を開いた。

え、と聞き返しながら佐々原くんのほうを見ると、

「うれしかったよ。かのちゃんが、俺からのラインをぜんぶ宝物だって、片瀬に言ってくれたとき」

「えっ？　うそ、あれ聞いてたの⁉」

「そりゃ、あんだけ大声で叫んでれば」

唖然としているあいだに電車が止まって、ドアが開く。突っ立っていたら、「行こう」と佐々原くんに促され、私はあわてて電車を降りた。

空港に着いた私たちは、あの日と同じようにエスカレーターで三階まで上がった。

展望デッキに出るなり、それは真っ先に目に飛び込んできて、

「──うわあ、懐かしい！」

思わず弾んだ声があふれた。

設定では妖精ということになっているけれど、ほとんどペンギンのような見た目の、そのキャラクター。ミンキーという名のそれが大きく描かれた飛行機が、滑走路に並んでいる。小学生の頃に乗りたいと憧れていた、その飛行機が。

久しぶりに間近で目にすると、予想以上に気持ちが浮き立ってしまった。

フェンスに近づき、覗き込むようにミンキージェットを眺める。そうしてしばらく懐かしさに浸っていたところで、はっと我に返った。

佐々原くんのほうを振り返る。

てっきり、佐々原くんもミンキージェットを眺めていると思った。

だけど佐々原くんが見ていたのは、私だった。思いがけなく目が合って驚いていると、佐々原くんはふっと滑走路のほうへ視線を飛ばし、

「……果乃も」

「え」

「そんな風に、喜んでた。あの日」

呟いて、なにかを思い出すみたいに目を細める。ミンキージェットではない、もっとずっと遠くのほうを見ながら。

「だから俺、果乃もミンキージェットが好きなんだと思ってた。ずっと。なんにも疑わずに」

うん、と私は慎重に相槌を打って、

「好きだったのは、うそじゃないと思うよ。だけどそれはたぶん、佐々原くんとの思い出があったから」

「再婚したの、俺の母親と果乃の父親なんだよ」

「え？」

急に変わった話題に困惑する私にかまわず、佐々原くんは静かな口調のまま、

「どっちかというと俺の母親のほうが厳しくて、果乃のお父さんはいつもにこにこ笑ってるような穏やかな人で。だから家族でどこか出かけるときも、だいたい母さんの意見が採用される感じで」

その光景を思い浮かべながら、私は相槌を打つ。

きっと、明るくてちゃきちゃきしたお母さんと、のんびりした優しいお父さんなのだろう。私の両親もそんな感じだから、なんとなく想像がつく。

「あの日も、最初は映画に行こうって話になってたんだ。果乃の好きなアニメの映画

があったから。ミンキージェットが出たばっかりの頃だったから、俺は空港に行きたかったんだけど。せっかくなら果乃ちゃんもいっしょに楽しめるところに行ったほうがいいでしょ、って、母さんに却下されて」

そうしたら、と続けた佐々原くんの口元に、小さく笑みが浮かぶ。

穏やかな、だけどどこか泣きそうにも見える、曖昧な笑みだった。

「果乃が、私もミンキージェットが見たい、って言いだして。果乃ちゃんも行きたいなら仕方ないってことになって、空港に行ったんだ。あの日」

その光景も、不思議なほど鮮明に思い浮かべることができた。そのとき果乃さんが、なにを思っていたのかも。流れ込んでくるみたいに、はっきりと。

ふいに瞼の裏にぼんやりとした熱が広がり、私はそっと息を吐いた。そうして何度か強くまばたきをしていると、

「なんか急に、それ思い出した。あのときはなんにも気づかなかったんだけど、今思えば、果乃は本当にミンキージェットが見たかったわけじゃなかったんだろうなって。今更だけど」

「……でも、楽しそうだったでしょ？　そのときの果乃さん」

「どうなのかな」

「え」

「よく思い出せないんだ。あの日の果乃の顔。ずっと忘れられなかったはずなのに、今はもう、すごく遠い過去のことみたいで」

しんみりと語る内容のわりに、佐々原くんの横顔はどこか清々しかった。

それにちょっと困惑して、私がその横顔をじっと見つめていると、

「かのちゃんのせいかも」

「えっ？　な、なんで」

「うん、たぶんそうだ。かのちゃんと出会ったせい」

驚く私にかまわず、佐々原くんはひとり納得したように頷いてから、

「……ありがとう」

ぽつんと呟いて、目を伏せた。

なにに対するお礼を言われたのかはわからなかった。だけどなぜだか、それ以上聞き返すことはできなかった。

なんだか言葉に詰まって、黙って滑走路のほうへ視線を飛ばす。

空は雲ひとつなく晴れ渡っていて、向こうの海の青さまでよく見えた。

視線を下のほうへ落とすと、停まっている飛行機の周りを、整備士らしき人たちが忙しそうに動き回っている。小さな車のような乗り物に乗っている人もいた。

あれは何だろう、と思って、私は佐々原くんに訊ねようと横を向いた。

だけど声は喉を通らなかった。

そこにあった佐々原くんの横顔が、はじめて見るぐらい穏やかだったから。

目にした途端、目の奥で熱が弾けた。かと思った次の瞬間には、両目から勢いよく涙があふれていた。

あわてて拭おうとしたけれど、間に合わなかった。次々に頰を伝い、膝の上に落ちていく。

「え、なに」すぐに気づいた佐々原くんが、こちらを見て怪訝そうな声を上げる。

「なんでかのちゃんが泣いてんの」

「ご、ごめ……なんか、よかったなあ、って……」

「どっちかというと俺が泣くところじゃない？　ここ」

苦笑しながら、佐々原くんがこちらへ手を伸ばしてくる。そうして親指の腹で私の目元の涙を拭ってくれた。その仕草がいつになく優しくて、余計にだめだった。ぼろぼろ流れる涙といっしょに嗚咽まで漏れてきて、もう止めようがなかった。

よかった、と思った。本当に。

佐々原くんがこんなに穏やかな顔で、果乃さんの思い出を語ることができて。

佐々原くんはそれ以上なにも言わなかった。ただ私の背中に手を置いて、何度か優しく撫でながら、待っていてくれた。

「……ね、佐々原くん」

開き直ってひとしきり泣かせてもらってから、ようやく落ち着いたところで、私はそっと口を開く。服の裾でごしごしと目元を拭いながら。

「このまえも、言ったけどね」

「うん」

「また私と、ラインしよ？」

ゆっくりと繰り返せば、佐々原くんがこちらを見たのがわかった。

私は前を向いたまま、短く息を吸って、

「果乃さんの、代わりでもいいから。なんでもいいから。果乃さんに送りたくなったら、代わりに私に送って。それだけでいいから。私、ぜんぶ十分以内に、三行以上の長文で返してみせるよ、ぜったい」

一息にそこまで言い切って、佐々原くんのほうを見る。

目が合うと、佐々原くんは少しのあいだ無言で私の顔を見つめた。それからふと、苦笑するようにして目を伏せ、

「……無理だよ」

「え」

「代わりなんて。全然似てないもん、果乃とかのちゃん。見た目も性格もしゃべり方

も好きなものも、ぜんぶ違うし。似てるのは名前だけで、むしろ正反対っていうか。果乃、かのちゃんみたいにしつこくなかったし、勝手に人の過去調べたりするような執念深さもなかったし、俺のこと怒鳴ったりもしなかったし」

「……ど、怒鳴ったことなんてあったっけ」

思わず引きつった声で聞き返すと、「あったよ」と佐々原くんはしらっとした顔で即答して、

「でも、それでよかった」

「え」

「かのちゃんがしつこくて、執念深くて。俺のこと諦めないでいてくれて、救われたから」

だから、と。

ゆっくりと顔を上げた佐々原くんが、まっすぐに私の目を見る。

「かの子と、ラインがしたい。これからも。……いっしょに、いたい」

頷きたいのに息が詰まってなんの言葉も出てこなくて、私はただ何度も首を縦に振った。

ほっとしたように笑った佐々原くんの背後に、抜けるように高い空が広がっていた。

滑走路のほうからエンジン音が聞こえる。見ると、ミンキージェットがゆっくりと

動きだしていた。滑走路の端まで移動し、向きを変える。

高くなったエンジン音が、透明な空に響く。

そうして空へ駆けだした飛行機が見えなくなるまで、私たちはただずっと、見つめていた。

あとがき

こんにちは、此見えこと申します。

このたびは数ある本の中から、「今夜、きみの涙は僕の瞬く星になる」をお手にとってくださり、本当にありがとうございます。

誰かひとりに嫌いと言われたら、世界中すべての人が自分を嫌っているような気がしてしまう。誰かひとりに否定された部分を、ずっと「自分のだめな部分」だと引きずってしまう。

私がそういう人間なんですけど、でもぜったいそんなことはないんですよね。周りには、自分のことを好きだと言ってくれる人も、自分がだめだと思っている部分を認めてくれる人もきっといて。

好きな人をどこまでも一途に追いかける人が、「重い」と評されることがありますが、個人的にはすごくすてきなことだと思っています。重くてなにが悪い！と思ったりします。

恋に一生懸命な女の子ってキラキラしていて本当にまぶしくてかわいくて。

そんな思いを詰め込んでみたお話だったので、読んでくださった方が、なにか少しでも前向きな気持ちになっていただけたなら、これ以上なく幸せに思います。

最後に、ここまで応援してきてくださった皆さま、そして書籍化にあたりご尽力くださった皆さま、本当にありがとうございました。たくさんの方のお力があって、この本を出すことができました。感謝の気持ちでいっぱいです。

そしてなにより、この本をお手にとってくださった皆さま、本当に本当にありがとうございます。

また別の作品でもお会いできることを願っています。

此見えこ

この物語はフィクションです。実在の人物、団体等とは一切関係がありません。

此見えこ先生へのファンレターのあて先
〒104-0031　東京都中央区京橋1-3-1　八重洲口大栄ビル7F
スターツ出版（株）書籍編集部 気付
此見えこ先生

今夜、きみの涙は僕の瞬く星になる

2021年5月28日　初版第1刷発行

著　者　　此見えこ　©Eko Konomi 2021

発 行 人　菊地修一
デザイン　カバー　徳重 甫＋ベイブリッジ・スタジオ
　　　　　フォーマット　西村弘美
編　　集　森上舞子
発 行 所　スターツ出版株式会社
　　　　　〒104-0031
　　　　　東京都中央区京橋1-3-1　八重洲口大栄ビル7F
　　　　　出版マーケティンググループ　TEL 03-6202-0386
　　　　　（ご注文等に関するお問い合わせ）
　　　　　URL　https://starts-pub.jp/
印 刷 所　大日本印刷株式会社

Printed in Japan

ISBN　978-4-8137-1095-0　C0193

ISBN 978-4-8137-0959-6

スターツ出版文庫　好評発売中!!

『まだ見ぬ春も、君のとなりで笑っていたい』汐見夏衛《しおみなつえ》・著

一見悩みもなく、毎日をたのしんでいるように見える遥。けれど実は、恋も、友情も、親との関係も何もかもうまくいかない。息苦しくもがいていたとき、不思議な男の子・天音に出会う。なぜか声がでない天音と、放課後たわいもない話をすることがいつしか遥の救いになっていた。遥は天音を思ってある行動を起こすけれど、彼を深く傷つけてしまい…。嫌われてもかまわない、君に笑っていてほしい。二人が見つけた光に勇気がもらえる——。文庫オリジナルストーリーも収録！

ISBN978-4-8137-1082-0／定価726円（本体660円＋税10%）

『明日、君が死ぬことを僕だけが知っていた』加賀美真也《かがみしんや》・著

「僕は小説家にはなれない——」事故がきっかけで予知夢を見るようになった公平は、自身の夢が叶わない未来を知り無気力な人間となっていた。そんなある日、彼はクラスの人気者・愛梨が死ぬという衝撃的な未来を見てしまう。愛梨の魅力を認めながらも、いずれいなくなる彼女に心を開いてはいけないと自分に言い聞かせる公平。そんな時、ひょんなことから愛梨が死亡するという予知を本人に知られてしまい…。「私はそれでも、胸を張って生きるよ」正反対のふたりが向き合うとき、切なくも暖かな、別れへの時間が動き出す——。

ISBN978-4-8137-1083-7／定価649円（本体590円＋税10%）

『新米パパの双子ごはん～仲直りのキャンプカレー～』遠藤《えんどう》遼《りょう》・著

突然四歳の双子、心陽と遥平のパパになった兄弟——兄の拓斗は、忙しい営業部から異動し、双子を溺愛中。一方、大学准教授の弟・海翔も親バカ全開の兄をフォローしている。ふたりは、同じ保育園の双子・優菜と愛菜の母・美涼とママ友になる。交流するうち、海翔はシングルマザーで双子を育てる美涼の健気さに惹かれていき…!?無邪気な子供達の後押しでW双子のキャンプデビューを計画する。しかし、慣れないアウトドアに大苦戦…さらに食いしん坊双子の喧嘩勃発!?——可愛い双子に癒やされる、バディ育児奮闘記、再び！

ISBN978-4-8137-1080-6／定価682円（本体620円+税10%）

『龍神様と巫女花嫁の契り～神の子を身籠りて～』涙鳴《るいな》・著

最強の不良神様・翠と、神堕ち回避のためかりそめ夫婦になった巫女の静紀。無事神堕ちを逃れたのち、相変わらず鬼畜で強引な翠と龍宮神社を守る日々を送っていた。そんな中、翠は大切な仲間を失い悲しみに沈む。静紀は慰めたい一心で夜を共にするが…その後妊娠が発覚！巫女なのに身重では舞うこともできず、翠に迷惑をかけてしまう…でも「翠の子を産みたい」。静紀は葛藤の末、ひとり隠れて産むことを決意するけれど…。「お前を二度と離さねえ」ふたりが選んだ幸せな結末とは？かりそめ夫婦の溺愛婚、待望の第二弾！

ISBN978-4-8137-1081-3／定価660円（本体600円+税10%）